singles 15

Imbiss wie damals

ANDREAS
„SPIDER“
KRENZKE

Verlag Voland & Quist

singles 15
Verlag Voland & Quist, Dresden und Leipzig, 2008

Umschlaggestaltung: Mario Helbing, Franziska Weißgerber
Gestaltung und Satz: Franziska Weißgerber, Mario Helbing
Druck und Bindung: C.P.I. Moravia, Czech Republic
Produktion und Mastering: Audiofenster Berlin
CD-Produktion: polycopy, Aachen
www.voland-quist.de

INHALT

AM ANFANG WAR DAS WORT

Ich hatte immer gehofft, das erste Wort meines Sohnes würde »Papa« lauten. Von mir aus auch »Mama«. Einfach nur ein Wort, am liebsten »Papa«. Früh genug würde das Kind dieses eine Wort zu einem ganzen Satz erweitern: »Papa ist doof«, zum Beispiel, oder: »Mama ist dick.«

Aber insgeheim hatte ich schon lange die Befürchtung gehegt, statt »Papa« oder »Mama« würden die ersten Worte meines Kindes lauten: »Können Sie ein Paket für Ihre Nachbarin entgegennehmen?« Ich nehme nämlich jeden Tag ein Paket für unsere Nachbarin entgegen. Vormittags kommen nacheinander die Paketboten der einzelnen Zustelldienste, vier bis sechs, und die meisten Sendungen sind für unsere Nachbarin. Sie kann nicht einkaufen gehen, sie geht lieber arbeiten, darum muss sie im Katalog bestellen. Kleidung, zum Beispiel, aber auch Lebensmittel; und wenn sie renoviert, werden sogar Farbeimer und Tapetenrollen bei uns abgegeben. Wenn sie abends nach Hause kommt, klingelt sie als Erstes bei uns und fragt nach neuen Paketen. Es ist auch fast jeden Tag mindestens eines für sie abgegeben worden. Meist Kleidung, wie gesagt. Sie hat mir das mal erklärt: Sie bestellt ganz viel, probiert dann zu Hause alles in Ruhe an, und was ihr nicht gefällt oder passt, das schickt sie wieder zurück. Das seien sogar die meisten Sachen. Nur die, die sie dann behalte, müsse sie auch bezahlen.

Das brachte mich auf eine Idee: Wenn so viele Sachen bei uns abgegeben werden, die unserer Nachbarin nicht passen, dann müssen doch genügend dabei sein, die mir oder meiner Freundin passen. Unsere Nachbarin kleidet sich zum Glück ziemlich geschlechtsneutral, also sie trägt Hosen und Pullover, die auch Männern stehen, und nur selten mal einen Rock oder eine Bluse, in der man als Mann tuntig aussehen würde. Also öffnen wir immer als Erste die Pakete und gucken, was von den Sachen uns so passt. Mal eine Jacke, mal ein Paar Turnschuhe. Und was passt, das tragen wir dann eine Woche lang. Dann verpacken wir es wieder und sagen: »Hier Frau Nachbarin, das ist heute mit der Post gekommen.«

»Das wurde aber auch Zeit«, sagt sie, »da warte ich ja schon seit einer Woche drauf.«

Dann probiert sie es an, es passt ihr nicht, und sie schickt es zurück. Wir aber tragen schon die nächsten Sachen aus der neuen Lieferung. So sparen wir Waschpulver und jede Menge Strom. Entlasten die Umwelt und unseren Geldbeutel, und wir sehen immer aus wie aus dem Ei gepellt. Wenn wir unsere Frau Silberammer nicht hätten!

Allerdings hatte ich die nicht ganz unbegründete Sorge, unser Sohn würde seine ersten Worte beim Postboten aufschnappen. Mit den ersten Worten muss man vorsichtig sein. Mein Kumpel Wolfgang hat Pech gehabt. Jeden Morgen, wenn er sich von seiner Familie verabschiedet, sagt seine Frau zum Kind: »Papa geht auf Arbeit!«

Seit ein paar Tagen sagt die Kleine, immer wenn sie ihren Vater sieht, ganz begeistert: »Arbeit!« Also so etwas darf bei mir auf keinen Fall passieren, dachte ich. »Arbeit«, nein, auf keinen Fall. Dann schon lieber »Paket« oder »Unterschrift«, »Post« oder »Wärbung bittäh!«.

Aber alles kam ganz anders. Vorgestern standen sie alle im Hof des Kindergartens – das ist auch so etwas, worauf man aufpassen muss, dass das Kind nicht Kita sagt, Kindergarten heißt es, Kindergarten, nicht Kita – da standen sie nun alle herum, die lieben Kleinen, und piepsten und krähten: »Auto!«

»Auto«, begrüßten sie ihre Mamas und Papas. »Auto«, sagten sie zum Hund, der auf den Gehweg schiss, »Auto«, alles war »Auto«.

In den fünfziger Jahren wäre das okay gewesen. Aber wir leben in den Zeiten nach der Regierungsbeteiligung der Grünen. Wir wohnen in Berlin-Prenzlauer Berg. Überall Bio-Supermärkte, Naturprodukte, Heilpraktiker und Heile-Welt-Läden. »Auto«, das ging nun wirklich nicht. Dass da so ein paar Kita…, Entschuldigung!, Kindergartenkinder einfach so die Lebenslügen der Ökomarktkundschaft artikulierten.

Ich spürte, wir Eltern spürten deutlich ein kollektives Missbehagen. Jetzt galt es, der sich anbahnenden Fehlentwicklung sanft gegenzusteuern. Dem jungen Menschen den rechten Weg zu ebnen, ohne ihn ihm zu weisen. Ohne die kleinen Seelen zu traumatisieren, ihnen eine bessere Alternative als die eigene Idee aufscheinen zu lassen. Es galt, ihnen und uns etwas vorzumachen. Pädagogik eben.

Der Papa von Leon hob sein Kind hoch und drückte es an sich: »Das ist ja putzig, er will ›Fahrrad‹ sagen, aber es klingt wie ›Auto‹. Der Spracherwerb ist wirklich eine interessante Phase.«

»Findet ihr nicht auch«, fragte die Mutti der kleinen Lisa, »dass es wie Atom klingt, was sie sagt?«

Wir nickten.

»Atom. Sie ist noch so klein und will uns schon darauf aufmerksam machen, dass alles aus Atomen besteht. Kinder sind wirklich viel intelligenter, als ihnen die Großen immer zutrauen.«

Die Situation war gerettet, Erleichterung machte sich breit. Wir hatten tolle Kinder. Wir waren tolle Eltern.

»Auto!«, sagte laut und deutlich mein Sohn, »Auto!«

»Wahnsinn«, schrie ich, »Du willst ›autonom‹ sagen, ›autonom‹!«

Mein Kind steckte mir seine Nuckelflasche entgegen. Ich holte mein Feuerzeug aus der Tasche und zündete den Sauger an. Dann warf ich das brennende Ding auf einen vorbeifahrenden Polizeiwagen. So was hatte ich seit Ewigkeiten nicht mehr getan. (Der Polizeiwagen hatte Pedalantrieb und seine Fahrerin war vier Jahre alt, aber trotzdem.)

»Polizei, SA, SS«, schrie ich. Mein Sohn lachte. »Haut die Bullen platt wie Stullen! Wir haben euch was mitgebracht – Hass, Hass, Hass!«

Die anderen Mamas und Papas vom Prenzlauer Berg verabschiedeten sich rasch, und ich musste ja auch nach Hause. Meine Freundin wartete bestimmt schon mit dem Abendbrot. Und am späteren Abend, wenn der Kleine schlief, wollten wir noch mal gemeinsam durchrechnen, ob wir das nicht doch irgendwie hinkriegen könnten mit der Eigentumswohnung.

»Auto«, sagte der Kleine. Ich überlegte, was mein erstes Wort gewesen sein könnte. »Auto« sicher nicht. Ich komme ja aus der DDR. Da musste man auf so was ja zehn Jahre warten. Mindestens. Wahrscheinlich sagte ich: »Anmeldung!«

ARBEITEN WIE DIE PROFIS

Ich bin im Baumarkt gewesen. »Arbeiten wie die Profis« stand auf dem Baumarktprospekt. »Arbeiten wie die Profis« – im Grunde heißt das nichts anderes als »Pfusch am Bau«. Ich muss es wissen, ich habe selber auf dem Bau gearbeitet. Falls man das arbeiten nennen kann, was wir da gemacht haben. Wir haben uns die ganze Schicht lang vorm Bauleiter versteckt. Deswegen dauerte auch alles so lange. Ich war aber nicht als Bauarbeiter im Baumarkt, sondern als Familienvorstand. Ich soll »was machen« im Badezimmer. Leichte Renovierungsarbeiten. Praktisch heißt das, ich verstecke mich den ganzen Tag über vor meiner Süßen. Wenn sie den Kopf zur Tür reinsteckt, lasse ich die Bohrmaschine aufheulen. Ansonsten lese ich Zeitung oder sitze aufm Topp. Darum dauert auch alles so lange. Mittlerweile gute zwei Wochen.

Die Cheops-Pyramide zu bauen, dauerte ungefähr 20 Jahre. Für das Taj Mahal wurden 22 Jahre gebraucht. Angkor Wat wurde in 37 Jahren errichtet. Das klingt nach viel Zeit. Aber wenn man bedenkt, wie Bauarbeiter den Tag verbringen, ist das sensationell schnell. Ich muss es wissen, ich habe selber auf dem Bau gearbeitet. Falls man das arbeiten nennen kann, was wir da gemacht haben. Wir haben uns den ganzen Tag über vorm Polier versteckt. Das wird im antiken Ägypten nicht anders gewesen sein.

Ich sehe es vor mir. Die Sonne, der Gott Ra, steigt über dem Ostufer des Nils empor. Frösche quaken. Hähne krähen. Sauen grunzen. Kamele kollern. Und die Bauarbeiter des gigantischen staatlichen Bauprojekts Pyramide machen Krach, bis alle menschlichen Bewohner Gizehs ebenfalls wach sind.

Dann machen sie Frühstück. Erst eine halbe Stunde Krach, dann Frühstück. Zum Frühstücken fallen sie in die umliegenden Bäckereien und Imbissbuden ein. Oder sie verstopfen die Kaufhallen.

Dabei lesen sie die Bild ... äh, die Bilder-Schrift auf den billigen Papyri, die für Leute wie sie gemacht werden, aber die auch immer mehr Gelehrte mit Genuss goutieren. »Mit uns könnse's ja machen ... Alles über den Streik der Nil-Schiffer ... Die aufregenden Sex-Geheimnisse der Nubier ... Dafür ham'se Geld ... Behaarte Modelle wollen dich verwöhnen ... Jetzt reicht's: Sand schon wieder teurer ... Der Pharao von Dingsbums hat eine Neue ... Die Lottozahlen.«

Dann werden die Papyri mit in kleine Hüttchen genommen und nicht den Augen, sondern einem anderen Körperteil zur Freude gereicht.

Dann geht es zurück zur Baustelle. Falls der Polier auftaucht, wird wieder ein bisschen Krach gemacht. Aber in erster Linie wird herumgestanden, Frauen hinterhergepfiffen und auf die ausländischen Kollegen geschimpft.

Zum Mittag werden die ersten Biere geöffnet. Im Schatten einer Palme ein Skat gekloppt. Der eine oder andere Lehrling frisiert seinen Esel.

Danach kann der Lehrling aber schon mal mit dem Aufräumen anfangen, schließlich will man pünktlich Feierabend machen.

Wenn Ra, der Sonnengott, seine Reise im Westen beendet, fallen lange Schatten auf eine verwaiste Großbaustelle. Lediglich ein unterbezahlter Wachmann verscherbelt Schubkarren, die ihm nicht gehören, an Kleinkriminelle.

Das ist die Wahrheit über den mystischen Bau der Pyramiden. Da hatten keine Außerirdischen ihre Finger im Spiel. Auch keine halbnackten, muskulösen Hollywood-Stars mit ausdrucksstarken Gesichtern. Eher bierbäuchige Mittvierziger mit Stirnglatze. Und sie errichteten keine kultischen Stätten, keine fluchbeladenen Orte oder Ufo-Landeplätze. Es handelte sich schlicht und einfach um Beschäftigungsmaßnahmen. Um sinnlose Produkte. Wir heutigen Menschen finden die Pyramiden schön. Aber damals wurde über ihre Architektur gelästert. Wenigstens haben die damaligen Regierungen auf einen Abriss der älteren Pyramiden verzichtet.

Der Rückbau des Palastes der Republik dauert nun schon über zwei Jahre. Und ein Ende ist nicht abzusehen. Morgens wird demonstrativ ein bisschen Krach gemacht, dann Frühstück. Es ist wie bei den Pyramiden. Bloß dass die Technologien heute weiter fortgeschritten sind. Die Arbeiter haben heute ganz andere Möglichkeiten. Wenn der Bauleiter kommt, zum Beispiel, wird Asbest gefunden. Kalle hat zum Glück immer genug Asbest dabei. Und die Welt hat Zeit.

Ich habe nicht so viel Zeit. Ich muss irgendwie fertig werden, mit dem Text hier, und weitermachen mit der Renoviererei. Meiner Süßen dauert das alles zu lange.

»Das Taj Mahal hat 22 Jahre gebraucht«, mit dem Argument bin ich ihr natürlich schon gekommen, »und Angkor Wat sogar 37.«

»Na bestimmt, weil die alle so gearbeitet haben wie du«, hat die Süße geantwortet. Wo sie recht hat …

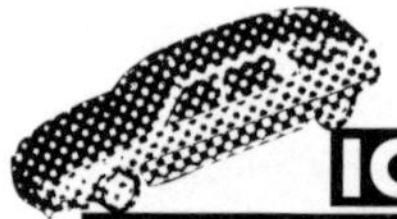

ICH WAR HONECKERS DOPPELGÄNGER

Vorbemerkung: Im Fahrzeugkonvoi des Staatsratsvorsitzenden der DDR, Generalsekretärs des ZK der SED und Vorsitzenden des Nationalen Verteidigungsrats Erich Honecker fuhr angeblich immer ein genau gleich aussehendes Auto mit, in dem ein Doppelgänger Honeckers saß; so wollte man eventuelle Attentäter täuschen, zumindest behauptete das Westfernsehen dies. Keine Ahnung ob das stimmt. Im Westfernsehen soll ja viel gelogen worden sein damals, zumindest behauptete das Ostfernsehen das. Wie auch immer, jedenfalls habe ich mich oft gefragt, was für ein Mensch dieses Honecker-Double wohl gewesen sein muss, wie er gelebt und was er gedacht hat, während er in Honeckers Auto saß; einem Citroën, wie das Westfernsehen sagt, wir sagten damals Zitrön.

Sie können sich vorstellen, dass ich in der DDR nicht einfach so in eine Kneipe gehen und ein Bier trinken konnte, nach Feierabend. Die Gespräche verstummten, wenn ich den Schankraum betrat. Viele begannen eine Eingabe auf dem Bierdeckel zu verfassen, die sie mir überreichen wollten. Wenn es denn einen Bierdeckel gab. Manchmal hieß es, es gäbe gerade ausgerechnet das nicht, was ich bestellen wollte: Versorgungsengpass, Sie verstehen, Genosse? Ich denke, das war oft eine Form der Rache der einfachen Menschen. Ich ging also nicht mehr in Kneipen, spätestens seit ich mal in einer was auf die Fresse bekommen hatte. Das war so ein Typ, der dachte, er würde dann verhaftet und vom Westen freigekauft werden. Natürlich verhaftete ihn niemand, und am nächsten Tag konnte sich keiner der Kneipengäste mehr an etwas erinnern. Er nervte sie aber so lange mit seiner Geschichte, bis er schließlich Hausverbot bekam.

Ich ging aber gern zu Faschingspartys, weil ich mich da verkleiden konnte. Einmal wurde ich auf dem Heimweg – ich hatte mein empfindliches Prinzessinnen-Kostüm schon abgelegt – direkt nach dem Verlassen des Lokals verhaftet, weil die Bullen dachten, ich hätte mich zum Fasching als Erich verkleidet.

Den echten Honecker habe ich nie so richtig kennengelernt, was mir jetzt im Nachhinein, wo er doch inzwischen tot ist, natürlich leidtut. Ich wohnte auch nicht in Wandlitz, dort war ich nur ganz selten. Eigentlich führte ich ein ganz normales Leben. Ich habe nie versucht auszunutzen, dass ich aussah wie er; das heißt, eigentlich sah er ja aus wie ich. Ich hatte keinerlei Privilegien, ganz im Gegenteil, oft hatte ich es aufgrund meines Aussehens sogar schwerer als andere. Ich habe zum Beispiel nie eine Frau kennengelernt.

Es war schon komisch, wie ich angeguckt wurde, wenn ich manchmal mit meinen Forumschecks in den Intershop ging. Aber noch komischer wurde ich angeguckt, wenn ich auf der Bank diese Forumschecks eintauschen wollte, gegen D-Mark, und am allerkomischsten wurde ich angeguckt, wenn ich mir dieses Westgeld irgendwo auf dem Schwarzmarkt besorgte.

Den Job als Honecker-Double habe ich dann Anfang der siebziger Jahre bekommen. Einer vom MfS sprach mich auf der Arbeit an, wegen der großen Ähnlichkeit. Vorher war ich Dispatcher im Tagebau gewesen. Ich nahm das Angebot der Stasi an, denn so konnte ich nach Berlin ziehen. Damals wollten ja alle nach Berlin. Honecker und ich sahen uns ähnlich, aber natürlich gab es auch Unterschiede. Also musste operiert werden. Natürlich wurde er operiert. Er konnte ins Regierungskrankenhaus nach Buch gehen, da wäre ich nie reingekommen. Dort gab es Spezialisten, die mich als normalen DDR-Bürger nie behandelt hätten. Also wurde Honeckers Aussehen dem meinen angepasst. Böse Zungen behaupten, umgekehrt wäre es schöner gewesen, angeblich ist sogar Margot Honecker die Mutter dieses Gerüchtes, aber ich lasse mich von solchem Gerede nicht ärgern.

Als Erich Honecker am 18. Oktober 1989 zurücktreten musste und durch Egon Krenz ersetzt wurde, konnte auch ich für mein Leben in der DDR keine Perspektive mehr erkennen. Zurück in den Tagebau zu gehen als Dispatcher, das konnte ich mir nicht mehr vorstellen. Wie so viele, die Schabowski im Fernsehen gesehen hatten, fand ich mich am 9. November am Grenzübergang Bornholmer Straße ein. Natürlich mit Hut und hochgeschlagenem Mantelkragen und in einen Schal eingewickelt. Die Lage am Tor wurde immer gespannter. Bewaffnete Organe und Bürger standen sich gegenüber. Wie es Großväterchen Zufall wollte, wurde ausgerechnet ich von zwei Grenzern in das Wachhäuschen gezerrt, weil die wohl glaubten, ich sei ein vermummter Provokateur. Als ich dann Schal und Hut abgelegt hatte, waren sie überrascht, den kürzlich entmachteten Honecker vor sich zu haben. Sie konnten Krenz nicht ausstehen, wie eigentlich alle damals, und sie schworen auf der Stelle, alles zu tun, was ich ihnen befehlen würde. Ich sagte dann, sie sollten den Übergang öffnen. Die Fernsehbilder gingen um die Welt. Die Umstände, unter denen es zur Grenzöffnung in jener Nacht kam, werden bis heute vernebelt. Mir ist es recht.

Ich bin dann mit rüber, mit den Massen. Ich habe mir im Westen eine neue Identität zugelegt. Mit anderer Frisur und anderer Brille hält mich niemand mehr für meinen berühmten Doppelgänger. Aber vorher habe ich mir noch einen Spaß gegönnt und mit Erichs Gesicht Begrüßungsgeld abgeholt.

Heute bin ich Rentner. Ich führe ein unauffälliges, ruhiges Leben. Ich habe doch noch geheiratet und bin sehr glücklich. Wir haben einen Hund und einen Schrebergarten. Und wir fahren einen Zitrön.

DAS MÄRCHEN VOM FAHRSCHEINKONTROLLEUR UND SEINER FRAU

Es war einmal ein armer Fahrkartenkontrolleur, der wohnte mit seiner Frau in einem alten Pissoir in der Nähe eines Bahnhofes. Tagein, tagaus kontrollierte er die Fahrscheine irgendwelcher ihm völlig unbekannter Reisender, ab und zu erwischte er einen Schwarzfahrer, kassierte erhöhtes Beförderungsentgelt und war es zufrieden.

Eines Tages erwischte er beim Kontrollieren einen Mann ohne Fahrkarte. »Hör mal«, sagte der blinde Passagier, »ich bin gar kein normaler Fahrgast. Ich bin ein verwunschener Prinz. Ich bin erst seit Kurzem verwunschen und habe noch nicht verinnerlicht, dass man laut Personenbeförderungsordnung stets einen gültigen Fahrausweis mit sich zu führen hat. Ich bin es noch gewohnt, in der Limousine gefahren zu werden. Lass mich doch noch einmal ungeschoren davonkommen, es kommt auch gewiss kein zweites Mal vor.«

»Na so was«, dachte der Kontrolleur, »ein Fahrgast, der sprechen kann.« Und er ließ den Mann gehen, ohne eine Strafgebühr zu kassieren.

Als er nach Hause kam, fragte ihn sein Weib: »Hast du heute gar nichts eingenommen?«

»Ach, da war einer«, sagte der Mann, »aber der konnte sprechen und war ein verwunschener Prinz, da habe ich ihn laufen lassen.«

»Das war nicht klug von dir«, sagte die Frau, »du hättest dir wenigstens etwas wünschen können.«

»Was hätte ich mir denn wünschen sollen?«

»Wir leben hier in einem alten Pissoir, das ist doch eklig, dabei sollten wir in einer Eigentumswohnung wohnen, mit Dachterrasse. Geh hin, zu dem Schwarzfahrer, und wünsch dir eine Eigentumswohnung mit Dachterrasse. Er tut es gewiss gerne.«

So ging der Mann zum Bahnsteig und rief: »Manntje, Manntje, Timpe To / Fahrgast aus dem Bordbistro / meine Frau die Ilsebill / will nicht so, wie ich wohl will.«

»Was will sie denn?«, fragte eine Stimme von hinten, denn hinter ihm stand der verwunschene Reisende, an einem Stehtisch des Schlemmerstübchens, wo er, seit er das Bordbistro verlassen hatte, bei Bier und Jägermeister hängen geblieben war, zusammen mit den anderen verwunschenen Prinzen, die dort tagein, tagaus an den Stehtischen standen, bei Bier und Jägermeister.

»Ach, sie will eine Eigentumswohnung mit Dachterrasse«, sagte der Kontrolleur.

»Geh nach Hause, sie sitzt bereits dort«, sagte der Schwarzfahrer.

Als der Kontrolleur nach Hause kam, stand da anstelle des alten Pissoirs eine Eigentumswohnung und oben drauf auf der Wohnung war eine Terrasse und dort stand seine Frau und keifte auf die Besoffenen hernieder, die ihren alten Gewohnheiten folgend gegen die neue Eigentumswohnung pinkelten, da das alte Pissoir verschwunden war. Die Wohnung war gut geschnitten und verfügte über Kabelanschluss und Internet. Der Mann sagte: »Nun wollen wir zufrieden sein.« Aber die Frau sprach: »Das wollen wir uns bedenken.«

Nach einigen Wochen beklagte sich die Frau, sie wolle eine Waschmaschine haben, mit Trockner. »Geh hin zum Schwarzfahrer«, sagte sie, »kann er Eigentumswohnungen machen, vermag er gewiss auch solches.«

Dem Mann war unwohl, aber er traute sich nicht, seiner Frau zu widersprechen, denn sie hatte einen feministischen Background bekommen, als der Mann mal nicht aufgepasst hatte. Also ging er zum Bahnsteig und rief: »Manntje, Manntje, Timpe Tube / Fahrgast aus der Schlemmerstube / meine Frau die Ilsebill / will nicht so, wie ich wohl will.«

»Was will sie denn?«

»Eine Waschmaschine mit Trockner.«

»Geh nach Hause, sie hat sie schon.«

Als der Mann nach Hause kam, wusch dort die Maschine bereits. Die speckige Jacke, mit der der Kontrolleur immer kontrollieren ging, wirbelte hinter dem Bullauge der Waschmaschine herum, dass dem Kontrolleur ganz schwindlig wurde vom Hinsehen. Er sagte: »Nun wollen wir zufrieden sein.« Aber die Frau sprach: »Das wollen wir uns bedenken.«

Einige Zeit später wünschte sich die Frau einen Herd mit Cerankochfeld, eine Mikrowelle, eine Geschirrspülmaschine. Jedes Mal ging der Kontrolleur zum Bahnsteig und rief: »Manntje, Manntje, Timpe Tube / Fahrgast aus der Schlemmerstube / meine Frau die Ilsebill / will nicht so, wie ich wohl will«, und jedes Mal erfüllte der Schwarzfahrer die Wünsche der Frau des Kontrolleurs. Und jedes Mal sagte der Mann: »Nun wollen wir zufrieden sein.« Aber die Frau erwiderte stets: »Das wollen wir uns bedenken.«

Eines Tages nun dachte sich die Frau: »Was soll ich immer die Spülmaschine einräumen mit dem dreckigen Geschirr.« Und sie wünschte sich, dass ihr Ehemann immer die Spülmaschine einräumt. Der Mann dachte erst, er habe sich verhört, und er rieb sich die Ohren, aber die Frau sagte: »Wenn ich weiter die Spülmaschine einräumen muss, das halte ich nicht aus.« Der Mann fürchtete sich und sagte: »Frau, das geht nicht. Das kann der Schwarzfahrer unmöglich machen. Nein, ich gehe nicht.« Da kam die Bosheit über sie und sie schrie: »Gehst du wohl! Wenn ich weiter die Spülmaschine einräumen muss, halte ich es nicht mehr aus!«

Da ging der Mann zum Bahnsteig und rief: »Manntje, Manntje, Timpe Tube / Fahrgast aus der Schlemmerstube / meine Frau die Ilsebill / will nicht so, wie ich wohl will.«

»Was will sie denn?«

»Einen Mann, der immer die Spülmaschine einräumt.«

Da drückte der Schwarzfahrer dem Kontrolleur seine Bierflasche in die Hand, und ging zu des Kontrolleurs Frau, um bei ihr zu wohnen, in der Eigentumswohnung mit Dachterrasse, und um die Spülmaschine einzuräumen. Der Kontrolleur aber lebte fortan im Schlemmerstübchen am Bahnsteig. Das gefiel ihm gut. Sein Arbeitsweg war jetzt auch viel kürzer. So lebten alle glücklich und zufrieden. Und wenn sie nicht gestorben sind, dann leben sie noch heute.

Und die Moral von der Geschichte? Erstens: Für einen Kontrolleur zahlt es sich irgendwann einmal aus, wenn er einen Schwarzfahrer davonkommen lässt. Zweitens: Ein feministischer Background hat noch keiner Frau geschadet. Und drittens: Schwarzfahrer haben's auch nicht immer leicht.

WAS ICH HEUTE MACHEN WÜRDE, WENN ICH NICHT SCHRIFTSTELLER GEWORDEN WÄRE – TEIL I: GRAFFITI

Das erste Mal vor einer Wand. Mit nichts als der Büchse in der Hand. Farbbüchse voller Farbe. Rhythmisch klackert sie beim Schütteln. Ein erregendes Geräusch. Ich gegen die Stadt. Graffiti. Ich gegen die Gesellschaft. Graffiti. Ich gegen die Polizei. Graffiti. Ich gegen den Staat. Graffiti. Ich gegen die Wand. Meine erste Wand. Sofort befällt mich die Angst vor der leeren Wand. Mir fällt prompt nichts mehr ein. Vorhin, als ich die Farbdose gekauft habe, da hatte ich so viele Ideen. Die sind jetzt alle weg. Ich habe eine Sprühkrise. Oh Gott, die gefürchtete Sprühkrise. Sprühblockade, *writers block*. Dazu kommt, dass ich nicht das geringste grafische Talent habe. Ich habe übrigens auch nicht das geringste schriftstellerische Talent, darum konnte ich auch nicht Schriftsteller werden, das geht nicht ohne Talent. Aber ich dachte, Graffiti könnte ich machen, das geht, dachte ich, auch ohne Talent, ist doch sowieso egal, dachte ich, ob sich jemand die Graffitis anguckt.

Ich weiß einfach nicht, was ich sprühen soll. Ich werde kapitulieren vor dieser Wand. Vor mir selber. Vor der Welt. Und Morgen habe ich bestimmt wieder Depression. Ich kenne das doch. So geht es seit Wochen.

Wenn mich jemand fragt, was ich so mache, sage ich immer, ich mache Graffiti. Manche sind beeindruckt. Viele haben selber auch schon mal ein Graffiti gesehen und erzählen mir, wie das ausgesehen hat. Die meisten fragen aber bloß: Graffiti, kann man denn davon leben? Ich frage mich das auch immer wieder: Kann man davon eine Familie ernähren? Ich habe den härtesten Beruf der Welt. Ich denke an all die großen und berühmten Künstler und an all die unbekannten. An alle unterdrückten und zensierten. Die wussten immer, was sie sprayen sollten. Die hatten nie eine Sprühkrise. Oder?

Vielleicht erst mal eine Parole? Einen Schriftzug an die Wand sprühen? Oder doch lieber was Grafisches? Ich probiere ein Mondgesicht: Pünktchen – Pünktchen – Komma – Strich. Mein Sohn lacht. Es ist nicht leicht, Familie und Beruf unter einen Hut zu bekommen. Meine Freundin hat heute frei, also habe ich den Jungen mit zur Arbeit genommen. Das haben die Bäuerinnen früher ja auch gemacht, ihre Kinder mit zur Arbeit genommen und sich gefragt, ob man von der Arbeit überhaupt leben kann. Immerhin ist die Wand jetzt nicht mehr ganz kahl.

»Davon kann man nicht leben!« Ich hab's. Ich sprühe »Davon kann man nicht leben!« an die Wand. Das ist ein Schriftzug mit Aussage. Es wird ja Künstlern oft vorgeworfen, dass sie sich immer nur mit sich selbst beschäftigen, mit ihren eigenen Problemen, ihrer eigenen Biografie, ihren Selbstzweifeln und ihrem Größenwahn. Wenn dieses Klischee schon mal in den Köpfen drin ist, dann kann ich das ruhig erfüllen. Wer Subversion erwartet, der soll doch selber sprayen.

Ich fange an: Dafon … Scheiße! Jetzt habe ich Davon mit »F« geschrieben. Wie stehe ich denn jetzt da, so wie es jetzt dasteht, auf der Wand? Weit und breit keine Löschtaste. Scheiße! Meine Freundin hatte recht, als sie meinte, ich solle erst mal am Komputer üben – Mist: Jetzt habe ich Computer mit »K« geschrieben. Schriftzüge sind echt nicht so mein Ding.

Also doch lieber was Bildliches. Ich male eine Blume. Und oben, so hoch, wie ich rankomme, eine Sonne. Für einen Anfänger nicht schlecht. Und gar nicht mal so autoreferenziell. Jetzt sieht es auch so aus, als sei Dafon mein Signet. Puh, da bin ich noch mal davongekommen. Ganz elegant eigentlich. Aber so ist es eben, entweder man kann's oder man kann's gleich sein lassen.

Wo ich schon mal dabei bin, male ich noch das Haus vom Nikolaus neben die Blume. Oh … Oh Scheiße … Nee … Warte mal … Och nö! Wie ging das noch mal? Scheiße! Jetzt sieht's ja aus wie ein Hakenkreuz. Och Mann! Na ja, ist es eben ein kontroverses Frühwerk.

Also ich finde, mit meinem ersten Arbeitseinsatz als Sprayer kann ich eigentlich trotz aller Schwierigkeiten zufrieden sein. Das sieht so hingeschmiert aus, aber dahinter steckt viel harte Arbeit. Eines Tages gehe ich mit meiner Kunst raus an die Öffentlichkeit. Man kann ja nicht immer nur im stillen Kämmerlein vor sich hinwerkeln. Nun muss ich bloß noch die Fenster aufmachen und lüften, damit es nicht so doll nach Farbe riecht, wenn meine Freundin nachher nach Hause kommt. Aber so ist das, als Graffitirebell.

JEDER NACH SEINEN FÄHIGKEITEN, JEDEM NACH SEINEN BEDÜRFNISSEN

Klar ist das richtige Arbeit. Was denken denn Sie? Dreiunddreißig Mietparteien wohnen hier im Haus, also drei pro Etage, das macht bei elf Etagen dreiunddreißig. Dazu kommen noch die Nummern fünfzehn und elf, das sind die beiden benachbarten Aufgänge, mit denen sind wir ja über die Durchgänge in der neunten Etage verbunden, und im Keller natürlich, also mit den beiden macht das zusammen achtundneunzig Mietparteien, nicht neunundneunzig, in der Elf ist ja der Betriebsraum, da ist dann eine Wohnung in der ersten Etage weniger. Achtundneunzig Mietparteien, das dauert den halben Tag, das muss ich richtig planen. Ich muss mehrmals am Tag losgehen und die ganzen Briefkästen leeren, alle achtundneunzig Briefkästen. Schlibrowski, ein alter Kollege aus der Sieben, hat mich, als er ins Heim musste, gefragt, ob ich seinen Block zusätzlich übernehmen könnte, aber das würde meine Kräfte übersteigen, bei allem guten Willen. Also ich drehe immer meine Runde. Ich geh durch den Keller, da sieht mich keiner. In der Fünfzehn muss ich vorsichtig sein, die Schünemann im Ersten, die passt nämlich auf wie ein Kettenhund. Kaum zu glauben, dass die früher nicht bei uns gewesen sein soll. War sie aber wirklich nicht. Ich habe damals selber die Wanzen bei ihr eingebaut und abgehört. Die war am Schluss beim Neuen Forum. Auf mich ist sie überhaupt nicht gut zu sprechen, was ich ehrlich gesagt ganz schön nachtragend finde. Wenn die mich überrascht, wie ich hier sozusagen konspirativ herumschleiche, dann beschimpft die mich immer als alten Stasispitzel. Die hat so eine ganz unangenehme hysterische Art. Ich warte also lieber im Keller und horche am Abflussrohr. Wenn ich mitbekomme, dass die im Badezimmer ist, flitze ich hoch ins Treppenhaus und ran an die Briefkästen. Nur die Schünemannsche ist so ein schwieriger Brocken. Bei den anderen Erdgeschosswohnungen ist entweder tagsüber niemand da, oder es reicht, wenn ich denen ein Polaroidfoto vom leeren Treppenhaus vor den Türspion hänge. Ich mache mich dann also an die Briefkästen. Ich habe ja noch die ganzen Schlüssel von damals. Ich mache jeden auf und hole die Werbung heraus. Dann stecke ich die rein, die ich am Tag davor sortiert habe. Jede dahin, wo sie hin muss. Mittlerweile bin ich da sehr flink drin. Wenn ich wieder in meiner Wohnung bin, gibt es erst mal eine Tasse Kaffe. Unseren guten Rondo. Mehr als drei Runden muss ich selten machen, die Reklameeinwerfer kommen ja nicht mehr so oft, zum Glück muss man ja schon sagen. Nach der kleinen Stärkung fange ich an, die ganze Werbung zu sortieren. Die schmeißen ja völlig planlos alles bei allen rein. Das ist doch völlig idiotisch. Was soll denn die alte Müllersche mit der Werbung für den Elektronikmarkt? Die zieht doch noch nachts den Stecker vom Kühlschrank raus. Das ist nur ein Beispiel. Oder der Glatzkopf aus dem Vierten, dem brauchen sie doch nicht mit dem Lieferservice vom vietnamesischen Restaurant zu kommen. Ich weiß am besten, welche Werbung zu welchem Mieter passt. Ich kenne die schließlich alle. Achtundzwanzig Jahre lang habe ich sie kennengelernt. Jaja, ich weiß, die Schünemann sagt: bespitzelt. Ha – *ich* wusste, dass ihr Alter eine Jüngere hat, *sie* nicht. Jedenfalls, ich sortiere dann nach dem Kaffeetrinken die Reklame. Die alte Müllern kriegt die Sonderangebote vom Kaiser's, oder wie unsere Kaufhalle jetzt heißt. Die jungen Leute kriegen die vom Computermarkt, der Glatzkopf aus dem vierten Stock bekommt die Werbung von der NPD und so weiter. Das ist doch viel effektiver so. Das merkt man daran, wie viel Werbung übrig bleibt. Ein bisschen davon verteile ich dann, wenn mal keine andere Werbung kommt oder weniger oder so, an Feiertagen zum Beispiel. Das ist natürlich nur der kleinere Teil. Den Rest, den ganzen Rest werfe ich bei den Wessis rein, die ganz oben eingezogen sind. Ein Pärchen. Die sind hierher gezogen. Als Wessis in den Plattenbau. Es ist nicht so, dass ich was gegen die habe. Im Gegenteil, ich interessiere mich sehr für die. Ich kenne deren Interessen bloß noch nicht. Ist ja auch logisch: Ich habe ja auch nicht bei der Abteilung Auslandsaufklärung gearbeitet.

GIPFELTREFFEN

Zum ersten Mal protestierten am vergangenen Wochenende in Berlin Gruppen aus dem gesamten Bundesgebiet gegen das regelmäßige Gipfeltreffen der acht unbedeutendsten Staatsbürger hinter der Kaiser's-Kaufhalle in der Pappelallee. So konnten die Begegnungen der sieben ehemaligen Industriearbeiter und eines Exilrussen, die schon Wochen zuvor in freundschaftlicher Atmosphäre begonnen worden waren, an diesem Wochenende nur am Sonnabendvormittag ungestört fortgesetzt werden. Themen waren diesmal unter anderem: Kalles Hund, Trudchens offenes Bein und die aktuellen Spritpreise. Keine Einigung konnte bei der Klimaproblematik erzielt werden. Norbert weigerte sich weiterhin, seine übelriechenden Winde bei sich zu behalten und wurde vorübergehend mit Ausschluss von der Apfelkornrunde bestraft.

Am Nachmittag kam es zu unschönen Szenen, als Anwohner sich beschwerten. Sie warfen dem Gipfeltreffen Umweltverschmutzung vor. Eine Mutter mit zwei Kindern erklärte: »Die pissen hier in die Grünanlagen. Das stinkt.«

»Und dann liegen überall Scherben rum, wo man mit dem Fahrrad reinfährt«, ergänzte ein achtundvierzigjähriger Politologiestudent. Auch wurde die ungewöhnliche Hässlichkeit von Kalles Hund bemängelt.

Ein Polizeisprecher sagte: »Eine schwierige Situation. Die Protestierer müssen ihre Anliegen natürlich formulieren dürfen, und das müssen wir gewährleisten. Andererseits sind wir auch hier, um den reibungslosen Ablauf dieses Gipfeltreffens zu gewährleisten und seine Teilnehmer zu schützen.« Die Staatsmacht setzte auf Deeskalation. Mehrere Beamte wurden durch fiese Blicke seelisch schwer verletzt. Eine junge Polizistin wurde angehaucht. Sie liegt zur Zeit noch in der Ausnüchterungszelle, es bestehe jedoch keine unmittelbare Gefahr. Es gelang, die Lage zu beruhigen.

Am Sonntag jedoch kam es erneut zu Störversuchen. Die Protestierer waren teilweise sogar aus Bayern und Schwaben angereist. Sie wohnen seit Jahren in sanierten Dachgeschosswohnungen der umliegenden Häuser. Was sich da an Potential angesammelt hat, kann man bislang nur vermuten. Die Polizei verhängte ein Demonstrationsverbot in einem Radius von einhundert Zentimetern um den Tagungsort. Ein achtundvierzigjähriger Politologiestudent kündigte eine Verfassungsklage an.

Die Gipfelteilnehmer konferierten derweil darüber, dass Inges Tochter letztes Schuljahr sitzengeblieben ist, sowie über die Spritpreise.

Zahlreiche Schaulustige verfolgten weitgehend friedlich das Geschehen. Viele fotografierten den circa einen Meter fünfzig hohen Zaun, der das Tagungsgelände gegen die Gleise der S-Bahn abschließt. Vereinzelt kam es zu Überwindungsversuchen durch Schulkinder und zu Beißereien zwischen Hunden. Es gelang der Polizei erst gegen Abend, die Ruhe wieder herzustellen.

Nun wartet alles gespannt auf das nächste Wochenende. Es gibt Vorschläge, den Tagungsort zu verlegen, aber von den Gipfelteilnehmern gibt es bis dato noch keine Stellungnahme. Ihre politischen Gegner hingegen kündigen schon Widerstand an: »Wir werden uns damit nicht abfinden. Der Hund kackt auch überall hin«, so eine Mutter mit zwei Kindern. Ein achtundvierzigjähriger Politologiestudent denkt laut darüber nach, ein Open-Air-Konzert zu veranstalten. Die Polizei demonstriert Gelassenheit: »Abwarten.« Man darf gespannt sein. Hoffentlich verläuft das nächste Wochenende friedlich, hinter der Kaiser's-Kaufhalle in der Pappelallee.

Letzten Sonntag war Berlin-Marathon. Ich habe mir ja auch vorgenommen, die 42,195 Kilometer einmal zu laufen. Also nicht speziell in Berlin, sondern egal wo, Hauptsache ein Marathonlauf. Allerdings möchte ich diese Strecke über meine gesamte Lebensspanne verteilen. Sonst wirkt das so gewollt. Ich weiß natürlich nicht, wie alt ich werde, aber wahrscheinlich habe ich bisher schon einen Vorsprung herausgearbeitet und muss mich jetzt ein bisschen zusammenreißen, damit noch etwas für meine richtig alten Tage übrig bleibt. Viele Menschen halten mich deshalb missverständlich für faul. Sogar meine eigene Freundin, meine Liebste, hält mich für faul.

Teilweise kann ich verstehen, dass dieser Eindruck entsteht. Ich mache mir zum Beispiel immer Süßstofftabletten in den Tee, weil man Zucker umrühren muss. Und als ich neulich mal vergessen hatte, Butter auf die Klappstulle zu schmieren, habe ich sie oben drauf gemacht, damit ich die Stulle nicht noch mal aufklappen muss. Aber meine Liebste hält mich aus anderen Gründen für faul.

Das wusste ich erst gar nicht, weil wir nicht viel miteinander reden. Wir dachten ja immer, so lange wie wir uns kennen, verstünden wir uns ohne Worte. In Wirklichkeit missverstehen wir uns ohne Worte.

Gerade gestern hat sie mich fragend angesehen und ich habe jovial abgewinkt. Später kam dann heraus, dass sie mich fragen wollte, wann ich denn bitte mal den Abwasch mache, und ich wollte aber ausdrücken: Danke, ich möchte gerade kein Bier aus dem Kühlschrank gebracht kriegen, ist aber lieb gemeint.

Normalerweise hätten wir das nie aufgeklärt, wir haben uns überhaupt nur darüber unterhalten, weil später am Abend eine gemeinsame alte Freundin anrief, um ihr Herz auszuschütten. Sie will sich trennen von ihrem Typen, obwohl der eine sehr große Sammlung an Punkschallplatten hat. Er macht nie von alleine sauber, wäscht nie von alleine ab, geht nie von alleine einkaufen, alles muss man ihm extra sagen.

Meine Liebste hatte sofort Verständnis. Ich nicht. Was ist schlimm daran, dem Mann zu sagen, was man von ihm will? Warum wird erwartet, dass er der Frau die Wünsche von den Augen abliest? Ich rede doch auch, wenn ich was will. Ich sage doch auch, wenn sie mir ein Bier aus dem Kühlschrank bringen soll. Wer von uns beiden ist denn in Wahrheit faul? Der, der sich artikuliert, oder die, die verlangt, dass der Mann Gedanken lesen können muss?

Und außerdem: Woran soll der Mann den bitteschön merken, dass die Wohnung schmutzig geworden ist? Dass der Kühlschrank leer ist, gut, das sieht man, das ist einfach, aber bei so was wie dreckigen Fenstern zum Beispiel hängt doch viel vom subjektiven Empfinden des Einzelnen ab. Wo die Frau vielleicht sagt, die Fenster sind schmutzig, sagt der Mann vielleicht: Geil, ich brauch abends die Vorhänge nicht zuziehen.

Na, ich bin ganz schön abgeschweift. Jedenfalls habe ich der gemeinsamen alten Freundin geraten, sich mit ihrem Typen zu vertragen. Meine Liebste hat ihr geraten, sich zu trennen. Die gemeinsame alte Freundin hat meiner Liebsten dann auch geraten, sich zu trennen. Die hat gesagt, sie will mal drüber nachdenken. Aber sie hat mich dabei so angelächelt, dass ich wusste, sie sagt das nur so, sie will bloß die gemeinsame alte Freundin nicht brüskieren. Also jedenfalls glaube ich, dass ich dieses Lächeln so interpretieren darf.

Ich habe meine Liebste dann gefragt, ob sie ein Bier aus dem Kühlschrank möchte, ob ich ihr eins holen soll. Und sie hat so ganz betont »Danke« gesagt. Und ich: Ich mach's ja auch gerne.

Ich weiß ja, dass von einem Mann heute auch Häuslichkeit erwartet wird. Häuslichkeit, und aber auch Sexyness und Sportlichkeit. Gut, Sexyness ist kein Problem, Sportlichkeit auch nicht, ich bin ja Marathonläufer, ich teile mir die Strecke bloß ein. Und an meiner Häuslichkeit arbeite ich auch. Zum Beispiel, indem ich meiner Freundin ein Bier bringe.

Und als ich vorm Kühlschrank stehe, frage ich: Wo is'n das Bier? Und sie: Im anderen Kühlschrank. Und ich: Welcher andere Kühlschrank? Und sie: Na, der im Spätverkauf. Und ich musste dann noch mal los, bloß weil ich gesagt hatte, dass ich ihr gerne ein Bier bringen würde. Das muss alles zu meiner lebenslangen Marathonstrecke dazuaddiert werden. Und ich wollte mir doch noch was fürs hohe Alter aufheben. Aber Frauen haben eben oft kein Verständnis für Sport.

DIE ZWEI VOM CHEMO-MARKT

»Koste mal den: rumänischer Verschnitt aus historischen Industrie-Lagen. Da spürst du richtig noch die Schwermetallbelastung der Ceauşescu-Ära auf der Zunge.«

Ich bin ja nicht so ein Weinkenner. Okay, es schmeckte eigentlich ganz übel und mir würden, das spürte ich schon jetzt beim Trinken, mir würden in den nächsten Tagen die Gelenke wehtun, aber ich fand das übertrieben, da so einen Kult drum zu machen. Na ja, das war eben genau Holgers Stil, so ein Brimborium zu veranstalten. Holger war schon immer ein kleiner Snob gewesen, und seine Cornelia passte in dieser Hinsicht prima zu ihm. Sie hielt mir ein Baguette mit Kräuterbutter vor die Nase.

»Hier die Kräuter, die habe ich selber gepflückt, auf dem Mittelstreifen der Autobahn. Du schmeckst sozusagen noch den Ruß.«

Ich mochte die beiden. Sie passten gut zusammen, habe ich das schon gesagt, sie waren ein niedliches Pärchen.

»Hast du das Brötchen denn auch selbst gebacken?«, fragte ich, obwohl ich genau dieses schon ahnte.

»Ja, das Baguette ist auch selbst gebacken. Aus wildem Getreide, selbst gesammelt am Bahndamm, da wo immer der Castor-Transport langrollt.«

Früher waren die beiden Vegetarier gewesen, eine Zeit lang sogar Veganer. Sie ernährten sich ausschließlich von Produkten aus dem Bio-Markt. Eine Weile lang waren sie sogar selber von Wochenmarkt zu Wochenmarkt gereist, mit dem Lieferwagen, und hatten Öko-Wein und Rohmilchkäse verkauft. Oft hatten wir zusammengesessen, so wie jetzt, und Wein probiert, oder Met, und dazu Käse aus makrobiotischem Anbau mit Brennnesseln drin, die bei Neumond geerntet worden waren, oder was weiß ich. Selbst gebackenes Brot. Ur-Äpfel und Proto-Tomaten. Sie waren sehr gesundheitsbewusst und ökologisch orientiert gewesen. Aber irgendwann waren sie damit nichts Besonderes mehr. Erst recht nicht in Berlin-Prenzlauer Berg.

Den ersten Knacks bekam ihr Weltbild, als am Senefelder Platz etliche Bäume gefällt wurden, damit dort der größte Bio-Supermarkt Europas gebaut werden konnte. Tagelang hatten die beiden mit Gitarre und Djembé davor gesessen und den einkaufenden Muttis entgegengesungen: »Mein Freund der Baum ist tot!«

Am Herd klingelte es, was bedeutete, dass der Fisch fertig war. Holger strahlte, als er ihn aus der Röhre holte: »Forelle aus dem Kühlwasser von Temelín.«

Ich pfiff anerkennend. Das war, das wusste selbst ich, nicht billig gewesen, da ranzukommen. Dazu öffnete Holger einen 2004er Seveso Rosé.

»Die Geschäfte scheinen ja wirklich gut zu gehen«, sagte ich.

»Ja, das kann man wohl so sagen«, man sah ihnen die Freude an. Ich gönnte es ihnen von ganzem Herzen. Anfangs waren sie von allen für verrückt erklärt worden, und es war sehr schwer gewesen, Kredite zu bekommen für ihren ersten Chemo-Markt.

»Morgen«, sagte Cornelia, »morgen machen wir die vierte Filiale auf. Der erste Chemo-Markt in Prenzlauer Berg.«

»Ich gratuliere!«

»Ja, stell dir vor, das Gebäude ist noch nicht mal asbestsaniert. Die Kundschaft wird nur mit Atemschutzmaske einkaufen dürfen. Ich wette, das heizt den Verkauf so richtig an.«

Ich musste ihnen recht geben. Sie hatten einen richtigen neuen Trend kreiert: ungesunde, belastete, verseuchte Lebensmittel, die noch vor ein paar Jahren höchstens nach Nordkorea hätten exportiert werden können, und das auch bloß als Geschenk. Ein geschicktes Händchen für Timing hatten die beiden bewiesen. Kurz nach Einführung des Rauchverbotes, suchten die Menschen nach etwas, womit sie den schädlichen Rauch ersetzen konnten, und der Markt wurde reif für unvernünftige, selbstzerstörerische Ernährung.

»Mensch, euch geht's ja richtig gut«, sagte ich, »was machen denn eigentlich eure Kinder so?«

»Oh die Kinder entwickeln sich prächtig«, erklärte Cornelia, »wir haben sie zum Sport angemeldet. Wir haben uns vorher natürlich erkundigt«, fügte sie hinzu, »bei welchem Verein noch ordentlich gedopt wird. Die Kinder sollen es schließlich mal besser haben als wir.«

VEGETARISCHER EINKAUF

Ich hatte Hunger. Ein Blick in die Kühlkombination meiner Küche ließ mich erstaunen: Joghurt, Quark, Eier, Kohl, Rüben, Salat, diverse Obstsorten, Südfrüchte, tiefgefrorenes Gemüse und Kartoffelpuffer. Ich beschloss spontan, Vegetarier zu werden, denn so müsste ich nicht extra einkaufen gehen.

Die ersten paar Tage ging das auch ganz gut mit dem Vegetarismus, aber jetzt, wo die Vorräte aufgebraucht sind und ich Nachschub ranholen muss, gerate ich doch ins Grübeln. Als Vegetarier verzehrt man ja ausschließlich pflanzliche Nahrung, tierische dagegen meidet man wie ein Nazi die Synagoge.

Aber woran erkennt man Pflanzen? Was gehört dazu? Südfrüchte natürlich. Tiefkühlgemüse. Sogar Algen.

Aber was ist mit Pilzen? Pilze sind, so habe ich es in der Schule gelernt, keine Pflanzen. Wahrscheinlich sind Pilze aber auch keine Tiere. Aber was sind sie dann?

Ich glaube, wichtig ist es, nicht zum Dogmatiker zu werden. Später mag sich das vielleicht verschärfen, aber vorerst umfasst mein Pflanzenreich auch Pilze, Hefen, Schwämme, Bakterien und Viren.

Eier und Milch und Käse ja sowieso. Das machen viele Vegetarier so. Eier und Milch sind ja auch keine richtigen eigenständigen Tiere. Wahrscheinlich ist es damit wie mit den Pilzen.

Es gibt eine Grauzone, einen zwielichtigen Bereich, in dem die Natur uns die Verantwortung nicht abnimmt, wo der Mensch selber entscheiden muss, ob es sich um vegetarische Lebensmittel handelt oder nicht. Das ist auch gut so, denn wenn man eigene Entscheidungen fällen muss, dann wird man nicht so träge, wie wenn einem alles abgenommen wird. Das hält geistig fit, und das soll gesunde Ernährung unter anderem ja auch bezwecken, einen geistig fit zu halten. Also gehe ich mit meinem Einkaufswagenchip in die Kaufhalle zum Gehirnjogging.

So, was kaufe ich denn hier, was sieht denn lecker aus? Erst mal am Fleischstand gucken. Ein Rumpsteak – das ist eindeutig tierischen Ursprungs. Eisbein – auch tierisch, ganz klar. Was ist mit Teewurst?

Ich würde sagen, das ist so ein typisches Beispiel für ein Ding aus der Zwischenwelt. Doch, ja. Hier nimmt mir niemand die Entscheidung ab, jetzt muss ich selber entscheiden, autonom und emanzipiert handeln, mich von selbstverschuldeter Unmündigkeit befreien. Das macht mich zum Subjekt meines eigenen Handelns. Nach Nietzsche bin ich auf dem Weg vom Menschen zum Übermenschen. Oh Mann, und das alles hat mit einem Blick in den Kühlschrank begonnen.

Ich muss auf mein Gefühl hören. Und mein Gefühl sagt: vegetarisch, Teewurst ist vegetarisch. Und Fleischsalat? Ist die Salatwerdung des Fleisches nicht ein Transformationsprozess? Aus Tofu macht man doch auch Würstchen, das ist der umgekehrte Weg, vom pflanzlichen Soja zum tierischen Wurstprodukt. Ja, ich glaube so gesehen ist Fleischsalat eigentlich auch vegetarisch.

Und Leberkäse natürlich auch, das Thema Käse hatte ich ja schon geistig durchdrungen.

Und Fisch? Hm, Fische haben keine eigene Körperwärme, ich würde also sagen: Pflanze.

Okay, frische Lebensmittel habe ich jetzt genug. Mal gucken, was die Kühltruhen so hergeben. Hähnchen, Enten, alles Tiere. Aber hier: Königsberger Klopse – das sind sehr interessante Pflanzen.

So jetzt reicht es aber. Für heute genug eingekauft. Ist ja auch teuer. Aber Spaß hat es gemacht. Und ich habe sogar noch ein paar neue Pflanzen kennengelernt. An der Kasse gibt es Treueherzen. Dafür kann ich mir irgendwann gegen Zuzahlung ein Fleischmesser abholen. Eine Frechheit ist das! Was soll ich mit einem Fleischmesser, ich bin doch Vegetarier.

FERIEN IN ÜDÜLE

Ein Journalist der *Zeit* hat die nicht unberechtigte Frage gestellt, ob nicht deutsche Rentner mit ihrer Spießigkeit ein größeres Problem darstellten, als migrantisch hintergrundierte Nachwuchsgangster; ja, ob sie nicht wegen ihrer Nörgel- und Gängelei eine Mitursache für Jugendgewalt sind. Da könnte was dran sein.

Also neulich, diese Oma, die sich im Supermarkt in den Schön-Schöner-Schönhauser-Allee-Arcaden vor mir an die Kasse gedrängelt hat, die war schon ganz schön frech. Das sagte ich auch so: »Das ist aber ganz schön frech!«

»Na ick konto nich wiss'n, dass Sie hier ansteh'n«, sagte die Alte, und das war schon wieder ganz schön frech.

Kann schon sein, dass ich dann überreagiert habe. Weil die mir blöde gekommen ist. Das war vielleicht ein bisschen doll. Ich bin in dieser Frage durchaus selbstkritisch. Aber ich konnte auch nicht genau erkennen, wohin ich geboxt habe, weil ich vor Schlägereien immer die Brille abnehme. Aber die Brille der Oma habe ich auch abgesetzt, damit die nicht kaputtgeht. Aus demselben Grund habe ich ihr auch die Zähne rausgenommen. Die sind aber trotzdem kaputtgegangen, weil ich die – ich weiß auch nicht, wie ich Hand und Fuß verwechseln konnte – weil ich die Zähne mit dem Fuß rausgenommen habe, aus dem Mund von der Oma.

Jedenfalls, als dann diese Polizisten mich auf den Boden gedrückt haben, da ist mir durch den Kopf geschossen, dass das meine ganz große Chance ist. Ich hatte keine Papiere dabei, keinen Ausweis – sollten die mir erst mal nachweisen, dass ich Deutscher bin.

»Isch mach disch Messer«, habe ich gebrüllt und »scheiße Deutsch!«

Und als die Bullen meinen Namen wissen wollten, sagte ich: »Ali. Isch bin Wedding, Alter, bin isch Türkei. Isch schwöre.«

Mein Plan ging auf. Ich wurde umgehend abgeschoben, in die Türkei. Da wollte ich ja auch hin. Da war ich noch nie. Und ich hatte Urlaub wirklich nötig. Schade eigentlich, dass ich nicht behauptet hatte, Kenianer zu sein, oder Thai, aber das hätte man mir wohl wirklich nicht abgenommen.

Der eine Beamte auf der Wache, der wollte mir nicht mal den Türken glauben. Bloß weil ich blond bin. Aber ich habe auf meiner ersten Version bestanden und bloß noch gesagt: »Scheiße Nazi, scheiße Polizei.«

Die haben dann sogar einen Polizisten aufgetrieben, der Türkisch konnte, das war ursprünglich mal so ein Kreuzberger Türke gewesen als Kind, und der wollte die ganze Zeit Türkisch mit mir reden. Aber nicht mit mir! Ich kann doch gar kein Türkisch. Also habe ich einfach gar nichts mehr gesagt. Auch nicht zu dem Anwalt. Auch nicht vor Gericht. Und so wurde ich in die Türkei abgeschoben.

Der BGS bezahlte mir ein Lufthansa-Ticket und setzte mich ins Flugzeug. Beim Aussteigen war ich wieder Deutscher, sprach kein Wort Türkisch und schlüpfte ohne Pass durch die Kontrollen, weil alle Sicherheitskräfte aufgeregt einen verschwundenen Türken suchten und niemand auf mich Blonden achtete. Ich rief meine Mutter in Berlin an und bat sie, mir Geld zu schicken.

»Junge«, fragte sie, »wie kannst du dir einen Türkeiurlaub leisten? Du bist doch Hartz IV?«

»Ach, das war ein Sonderangebot, das Ticket war so gut wie umsonst. Aber leider haben sie mich hier beklaut, Mutti, du weißt ja, wie die Türken sind. Klauen wie die Raben.«

»Und ich habe immer gedacht, das machen nur die Italiener«, sagte meine Mutter, doch sie schickte mir das Geld, das eigentlich für ihren Urlaub gedacht gewesen war. Die gute Seele.

Dann spazierte ich zur deutschen Botschaft und ließ mir einen neuen Pass ausstellen. Der alte sei mir geklaut worden, sagte ich.

»Jaja, diese Türken, Sie wissen ja, wie die sind«, sagte der Beamte in der Botschaft, der mir den Pass aushändigte. Und er lud mich noch auf einen Kaffee ein.

Per Autostopp fuhr ich nach Üdüle, dem bekannten Ferienparadies am Schwarzen Meer. Ich übernachtete am Strand und schlich mich jeden Morgen unter Angabe einer ausgedachten Zimmernummer in eine der Ferienanlagen und frühstückte am Buffet. Und als ich mir gerade einen zweiten Gang holen wollte, da drängelte sich so eine Oma vor mich und nahm sich den letzten Nutella-Toast.

»Na ick konto nich wiss'n, dass Sie hier ansteh'n«, sagte sie. Kann schon sein, dass ich dann überreagiert habe.

Ich musste jedenfalls zusehen, dass ich wegkam aus Üdüle. Ich hatte sowieso die Nase voll von Urlaub in der Türkei. Heimweh hatte ich, nach Berlin, nach Mutti, nach einem richtigen Döner. Ich nahm den billigsten Flug nach Hause. Zuhause bekam ich prompt Fernweh. Wie jedes Mal. Es ist jedes Mal das Gleiche.

Nach jedem Urlaub fällt es mir schwerer, mich wieder einzugewöhnen. Am schwierigsten ist es, einen Supermarkt zu finden, wo ich mich noch blicken lassen kann. In den Schön-Schöner-Schönhauser-Allee-Arcaden geht es jedenfalls nicht mehr.

SCHEUE FISCHE

Es gibt Pflanzen, die sind verboten, weil man sie rauchen kann. Es gibt Menschen, die verboten sind, weil ihnen das Visum fehlt. Es gibt Pilze, die verboten sind, weil sie Halluzinationen hervorrufen. Und es gibt Tiere, die sind verboten, obwohl sie lediglich im Dunkeln leuchten. Genmanipulierte Zebrabärblinge. Die hätte ich gerne für mein Aquarium.

Vielen gilt die Aquaristik ja als spießiges, unpoppiges Hobby. Als ich klein war, waren Aquarien ein Hobby für Jungs oder Väter. Mädchen zupften Klee für ihre Meerschweinchen auf dem Mittelstreifen der Leninallee, Mütter sträubten sich in der Regel gegen alle Tiere. Das waren die Achtziger. Heute trifft man auch Frauen, die sich für die Schönheiten der Unterwasserwelt begeistern. Sogar meine dreizehnjährige Nachbarstochter hat ein kleines Becken. Ich war richtig gerührt, als ich das erfuhr. Hätte ich als Kind aquaristische Mädchen gekannt, ich hätte nicht so lange erfolglos mit der Homosexualität herumexperimentiert. Ich schenkte der Kleinen einen blauen Krebs.

Denn in meinem Aquarium habe ich solche wunderschönen blauen Sumpfkrebse. Und feuerrote Garnelen. Ich liebäugle seit einiger Zeit mit der Anschaffung einer Muschel. Muscheln sind sehr schön. Als Kinder haben wir ihre Schalen gesammelt. Allerdings macht eine Muschel nichts, außer sich im Sand einzugraben. Das macht sie nicht gerade zu einem spektakulären Aquarienbewohner.

Jedenfalls schenkte ich meiner kleinen Nachbarin einen blauen Sumpfkrebs. Das gab Ärger. Der fraß nämlich ihre Apfelschnecken auf. Seitdem bricht sie immer in Tränen aus, wenn wir uns im Treppenhaus treffen. Wird ihre junge Seele dieses Trauma je überwinden? Na, egal.

Es gibt ja sehr spezielle Aquarienbewohner. Besonders unter den Fischen. Nicht nur leuchtende. Manche Fische sind elektrisch. Manche fressen nur ganz spezielles Futter. Es gibt Flossenfresser, die nur die Flossen bestimmter anderer Fische fressen. Und es gibt Augenfresser. Es gibt auch Menschenfresser, aber das wäre nichts für mich, denn die passen rein größenmäßig in kein handelsübliches Aquarium.

Neulich hat mir Uwe sein Aquarium gezeigt. Uwe ist ein Bekannter von mir. Er hat sehr lange gezögert. Seine Fische sind besonders scheu. Sie sind äußerst schreckhaft und empfindlich. In der Natur leben diese Fische völlig isoliert in Höhlen unter der australischen Wüste. Uwes Aquarium steht im Keller seines Hauses. Der Keller ist praktisch schalldicht. Wir betraten ihn in Filzlatschen. Das Becken stand auf einem gefederten und schwingungsgedämpften Sockel. Es war rundum mit Styroporplatten verkleidet, damit die Fische weder durch Temperaturschwankungen erkranken, noch durch Licht erschreckt werden konnten. Auch die Oberseite war mit einer dicken Platte abgedeckt.

Ehrfürchtig standen wir vor dem großen weißen Schaumstoffklotz. Kaum hörbar summte ein elektronisch gesteuerter Filter der vierten Generation mit keramikgelagerter Antriebswelle. Die Fütterung übernahm ein geräuschloser Automat, aber nur, wenn niemand sonst im Keller war, denn dieser Moment war der gefährlichste. Zur Nahrungsaufnahme stiegen die Fische an die Wasseroberfläche und waren dann noch sensibler als sonst.

»Na?«, hauchte Uwe stolz.

»Wahnsinn«, flüsterte ich.

»Pscht!«

Dann gingen wir wieder hoch ins Haus.

»Nach fünf Minuten werde ich immer ganz hibbelig vor Angst, die Tiere zu stören«, erklärte er mir, nachdem er die drei Schlösser der Kellertür sorgfältig verschlossen und überprüft hatte.

»Hast du sie jemals gesehen?«, fragte ich.

»Nein, das hat noch niemand. Sie werden in einer Spezialbox geliefert und der Händler setzt sie auf eigene Gefahr ein. Niemand sonst darf dabei sein.«

»Wahnsinn!«, sagte ich. »Teuer?«, fragte ich.

Er nickte. Ich war ehrlich begeistert. Das war die hohe Schule der Aquaristik. Auf einmal kam ich mir sehr popelig vor, mit meinen blauen Sumpfkrebsen und meinen feuerroten Garnelen. Na ja, wenigstens war ich nicht annähernd so albern und amateurhaft wie das Mädchen mit den Apfelschnecken.

MAIK SCHULZ LEBT

Maik war Bastler. Damals, als wir Kinder waren und in der Schule nebeneinander saßen, schraubte er an Fahrrädern herum, an Uhren und an Spielzeug. Er goss Zinnsoldaten und klebte Aquarien. Maik baute Inlineskates, als es noch gar keine Inlineskates gab. Seine selbst gelöteten Radiogeräte empfingen nicht nur den Rias, man konnte mit ihnen sogar selber senden.

Ein paar Wochen betrieben wir eine Radiostation mit Musik von drüben, einen eigenen kleinen Westsender. Vielleicht hörte den nicht mal die Stasi. Sie verhafteten stattdessen den Papa der dicken Kerstin, denn der war Amateurfunker. Sie verurteilten ihn wegen Verbreitung westlicher Schund- und Schmutzmusik. In Briefen aus Bautzen beteuerte er seine Unschuld, aber er konnte sie nie beweisen. Sein Pech war: Er hatte die nötige Technik, um einen Feindsender zu betreiben. Maik war geknickt, weil ein anderer offenbar die gleiche Idee gehabt hatte wie wir.

Die dicke Kerstin war auch geknickt, zum einen, weil sie nun kein Abitur machen durfte, zum anderen, weil ihre Mama anfing zu trinken. Wenigstens konnte sie zu Hause Schnaps klauen. Der Schnaps schmeckte nicht, aber Maik erfand einfach die ersten Alcopops. Sie kamen total gut an bei der Jugend in unserem Wohngebiet. Die dicke Kerstin blieb nicht die Einzige, die kein Abitur machte.

Viele von Maiks Erfindungen gingen nach hinten los, zum Beispiel der Raketenschlitten, wo wir die Raketen verkehrt herum eingebaut hatten. Andere gingen ins Auge, wie die Dartpfeilpistole. Es war übrigens das Auge der dicken Kerstin. Manche Erfindungen wurden nie fertig. Maiks Mondrakete hob nie ab.

Hauptsächlich aus Treibstoffmangel. Wir konnten nicht genügend Schub erzeugen, die dicke Kerstin war einfach zu schwer. Wir wollten aber ein Mädchen in den Weltraum schicken, um zu zeigen, wie fortschrittlich die DDR bei so was war. Außerdem schuldete Maik ihr noch einen Gefallen, wegen des Auges, und die dicke Kerstin träumte nun einmal von der Schwerelosigkeit. Die Rakete sollte an einem 8. März starten, als unser Geschenk zum Internationalen Frauentag. Wie gesagt, dazu kam es nie.

Nach der Wiedervereinigung verlor ich Maik aus den Augen. Auch von der dicken Kerstin hörte ich nie wieder etwas.

Erst neulich traf ich ihn wieder. Was für ein Zufall. Es war in einem Fachgeschäft für Musikinstrumente. Ich erkannte ihn sofort. Dabei war er nie musikalisch gewesen. Er kaufte eine Bandmaschine, eine Gitarre, eine Rhythmusmaschine, ein Klavier und lauter solches Zeug. Ich half ihm beim Tragen. Er fuhr ein Auto, einen alten Robur, den er mit Bohnerwachs betankte, dass er billig aus ostdeutschen Konkursmassen bezog, wie er mir erzählte. Und er erzählte mir auch, was er mit dem ganzen Musikkram vorhatte. Maik wollte ganz groß rauskommen. Er hatte den perfekten Kopierschutz für Musik-CDs erfunden. Jetzt brauchte er bloß noch welche zu produzieren. Sämtliche Plattenlabel würden pleitegehen, wegen der Schwarzkopiererei. Aber seine CDs würde niemand nachmachen können.

Mittlerweile waren wir bei ihm zu Hause angekommen. Maik war aufgeregt. Ich war der Erste, der eine seiner CDs zu hören bekam, eine spartanisch produzierte allerdings, Maik hatte ja gerade erst bessere Instrumente eingekauft. Mit feierlichem Gesicht legte er eine CD auf den Schlitten des Players. Nach wenigen Minuten war ich mir sicher, diese CD würde wirklich niemand kopieren. Es klang einfach zu furchtbar. Das war ein genial einfaches Konzept des Kopierschutzes. Ich zweifelte bloß daran, dass Maik damit groß rauskommen würde. Denn ohrenscheinlich hatten mehrere Major-Label dieses Prinzip unabhängig von ihm zur gleichen Zeit entwickelt. Maik war nie der Erste und erst recht nicht der Einzige mit richtungsweisenden Ideen. Es war wie damals mit unserem Westsender.

Er war zwar nie musikalisch gewesen, hatte aber wenigstens versucht, das Beste daraus zu machen. »Wer singt da eigentlich?«

Er lachte: »Sie steht hinter dir.« Ich drehte mich um. Da stand, eine Karaffe selbst gemachten Alcopops in den Händen, die dicke Kerstin. Auf einmal war alles wie früher. Es wurde ein sehr schöner Abend. Wir schwelgten in Erinnerungen, aber wir schmiedeten auch Pläne für die Zukunft. Die dicke Kerstin hat ihren Traum vom Weltall noch immer nicht ausgeträumt. Und wir schworen uns: Am nächsten 8. März, da machen wir ihn wahr. Ihr werdet schon sehen!

BESCHIMPFUNG EINER GENERATION IN EINEM SATZ

Das Pankower Pensionärsgeschmeiß, diese Silbermähnen, dieser inoffizielle Kongress Informeller Mitarbeiter, wie sie die städtischen Grünanlagen verschandeln mit ihren Anoraks und ihren Steghosen und ihren sozialistischen Einheitsdauerwellen, diese Genossinnen und Genossen, diese auf die Sitzplätze der BVG wie Ballast hingeschissenen Klumpen geriatrischen Überhangs, der sich in obsoleter Lebensbereitschaft erschöpft, diese freiwilligen Feuerwehrleute und Volkspolizeihelfer, diese verdienten Veteranen, diese Generalswitwen, Bremsklötze im Feierabendverkehr – das Hörgerät wurde schon allein deshalb gekauft, weil man eine Affinität zu so was hat, zu Abhöranlagen, als ehemaliger Stasi-Mitarbeiter –, diese machtvolle Manifestation des Haarausfalls, diese Reisekader, Trümmerfrauen und Mauerschützen, diese Totengräber der Moderne, die sich nicht ihre sogenannten Biografien kaputt machen lassen wollen (es war schließlich nicht alles schlecht), diese Kurierleser, diese Wahlberechtigten, mit ihrer sogenannten Lebenserfahrung, diese ehemaligen Funktionäre, diese Leserbriefschreiber, diese Super-Illu-Käufer, diese Untoten – vom Leben gezeichnet *und* seinerzeit von Willi Sitte gemalt –, diese Ersten, Zweiten und Dritten Sekretäre, diese Vorsitzenden und Zweiten Vorsitzenden, und diese Pionierleiterinnen, FKK-Anhänger, Kleingärtner und Dauercamper, diese Züchter von Rassekatzen und Rassehunden und Rassekaninchen, dieses Rassistengesocks, mit ihren über die Glatzen gekämmten Strähnen, diese Bohnenkaffeetrinker, diese Rabattmarkensammler, die seit hundertfünfzig Jahren unfallfrei hinterm Steuer sitzen, diese Fahrradhelmträger mit ihrer Funktionskleidung, diese rüstigen Senioren mit ihrer durch nichts zu erschütternden guten Laune, diese Ordnungshüter, diese Haustürabschließer, diese Polizeianrufer, dieses Denunziantengesindel, selbst ernannte Verfolger von Rasenlatschern und Unbefugten, diese Schichtarbeiter, diese Ruhebedürftigen, diese Kinderanscheißer, dieses Friedhofsgemüse in Warteschleife (und der Gevatter wird schon wissen, warum er das Unvermeidliche so lange vor sich herschiebt), diese Hauptkonsumenten von Brillantine, volkstümlicher Musik und völkischen Märschen seinerzeit, diese in die Jahrzehnte gekommene Hitlerjugend, wie sie anderen ungefragt in den Ohren liegen mit ihren Erlebnissen, im Kessel oder in der Gefangenschaft, diese … Rentner – also wenn man von denen erwartet, dass die einem jungen, na ja, ziemlich jungen Vater mit Kinderwagen und zwei Kindern beim Einsteigen in öffentliche Verkehrsmittel oder beim Aussteigen aus öffentlichen Verkehrsmitteln behilflich sind, dann hat sich dieser ziemlich junge Vater mit einem Kinderwagen und zwei Kindern allerdings mal so richtig gründlich geirrt!

WAS ICH HEUTE MACHEN WÜRDE, WENN ICH NICHT SCHRIFTSTELLER GEWORDEN WÄRE – TEIL 2: AMOK

Am liebsten würde ich für den heutigen Amoklauf zum Baumarkt fahren, an den Stadtrand, denn der Weg dahin führt ein gutes Stück durchs Grüne. Das sieht so schön aus, gerade jetzt, die blühenden Felder. Mohn und Kornblumen. Und die schattige Baumallee. Aber ich brauche eigentlich nichts aus dem Baumarkt. Außerdem war ich da gestern schon. Also werde ich heute im Supermarkt Amok laufen. Das ist auch nicht so weit weg, gleich bei mir um die Ecke, da habe ich eher Feierabend.

Das Wichtigste in diesem Job ist, wie bei jeder Arbeit, die innere Einstellung. Ich war nicht immer so destruktiv, wie ich heute bin. Ich habe mir das hart erarbeitet. Wie ich zum Misanthropen wurde, das ist eine längere Geschichte.

Also gut, den Rucksack geschultert und auf geht's zum Supermarkt. Um die Uhrzeit sind nur wenige Menschen auf den Straßen unterwegs. Ein paar uralte Rentnerinnen humpeln auf dem Bürgersteig herum. Hinter einem mannshohen Zaun, auf einem Schulhof, treiben Kinder Sport. Um die Zeit wird's auch im Supermarkt nicht so voll sein. Gut so, dann bin ich schneller fertig.

Im Supermarkt angekommen, stelle ich erst mal fest, dass ich keine Ein-Euro-Münze für den Einkaufswagen habe. Das fängt ja gut an. Ich wechsle Kleingeld am Backstand, die Verkäuferin ist sehr nett. Sie lächelt mich die ganze Zeit an. Dieser Job fällt einem nicht immer leicht, also meiner, meine ich, also mir. Also, ich meine, mir fällt mein Job nicht immer leicht. Zum Beispiel, wenn alle so nett sind. Na ja, was soll's, ich werd's überleben. Ich grüße ein paar von den anderen Amokläufern, die ich kenne und die schon in der Kassenschlange stehen. Dann bugsiere ich mich durch's Drehkreuz. Jetzt geht's los!

Als erstes Fleisch und Blut. So gehe ich immer vor. Ich also zu den Fleisch- und Wurstwaren. Ich nehme von allem: Jagdwurst, Blutwurst, Teewurst, Leber-, Cervelat- und Fleischwurst. Der Tod regiert. Tod, alles tote Tiere. Ich kaufe sie. Ich schaffe eine Nachfrage nach toten Tieren. Ich bin verantwortlich für den Tod tausender Lebewesen. Weil ich Fleisch- und Wurstwaren kaufe. Ich bin sauböse.

Die Amokläufer früher, die hätten hier im Supermarkt die Menschen umgelegt. Das hätten sie höchstens einmal gemacht und dabei wahrscheinlich nicht mal alle erwischt. Heute dagegen arbeiten wir viel wirkungsvoller, nachhaltiger.

In der Tiefkühlabteilung greife ich bei den Garnelen zu. Wieder ein paar Quadratkilometer Mangroven auf dem Gewissen.

Die Amokläufer früher, die haben ja auch Menschen umgelegt, keine Tiere. Aber Tiere sind ja unschuldig. Es ist viel böser, Unschuldige zu töten. Bei Menschen findest du kaum Unschuldige. Das war doch damals, zu Anfang des dritten Jahrtausends, die große Krise des Amok. Geh einfach los, ganz wahllos, und du triffst keinen, der es nicht verdient hat. Darum gab es damals diesen Kongress, den Internationalen Kongress der Amokläufer. Damals hat allerdings kaum jemand davon Notiz genommen. Auf diesem Kongress wurde eine neue Generallinie festgelegt. Dadurch ist die Arbeit der Amokläufer viel einfacher und angenehmer geworden. Ja, selbst Pazifisten konnten plötzlich Amok laufen, was vorher nicht ging. Die gestiegene Zahl der Amokläufe zeigt, dass die Entscheidung für eine neue Richtung gut war.

Am Pressestand und in der Buchabteilung kaufe ich alles, was sie haben. Lauter sinnloses Zeug. Hauptsache, es sind Bäume dafür abgeholzt worden.

Für heute habe ich genug. Die gute alte Tradition, die Zerstörung am Schluss des Amoklaufs gegen sich selbst zu richten, haben wir ritualisiert beibehalten – an der Kasse nehme ich ein Päckchen Zigaretten, auf dem Weg nach Hause stecke ich mir eine an.

An der Kreuzung helfe ich einer uralten Rentnerin über die Straße. Möglicherweise sind wir ja so was wie Kollegen. Wer weiß, was die in ihrem Leben schon alles an sinnlos Bösem verübt hat. Hinter dem mannshohen Zaun zum Schulhof ist große Pause. Wartet nur ab, denke ich, wartet nur ab, Kinder, was ich euch mal für eine Welt hinterlasse!

GESPRÄCH IN DER KNEIPE, ZWEI BETRUNKENE HERREN, SPÄT NACHTS

»Na, auch hier?«
»Ja, auch hier. Prost!«
»Prost!«
»Aaahhh.«
»Sag mal, was bist du denn eigentlich für einer? Ich seh dich hier immer, aber was machst du eigentlich?«
»Wie meinst du das?«
»Na, wovon lebst du?«
»Ich schreibe.«
»Ha, was schreibst du denn? Sprüche auf die Klotür oder was? Hihi!«
»Nein nein, ich schreibe schon richtig.«
»Bist Reporter oder was? Von 'ner Zeitung?«
»Nein, ist was anderes. Ist aber nicht so wichtig.«
»Na, erzähl doch mal. Ist doch interessant. Du sitzt hier immer rum, trinkst dein Bier, wir sehen uns fast jeden Tag und kennen uns gar nicht. Ich zum Beispiel bin Koch.«
»Na ja, siehst du, du bist Koch und ich schreibe eben.«
»Gedichte, Romane, Pornodrehbücher? Lass dir doch nicht alles aus der Nase ziehen!«
»Mehr so Gebrauchstexte.«
»Bedienungsanleitungen?«
»Nein. Äh, also, hm, Stasi-Akten.«
»Und was schreibst du da?«
»Na, die Akten.«
»Die schreibst du noch mal sauber ab, bevor die rausgegeben werden oder wie?«
»Nein, die schreibe ich. So richtig. Ich denke mir die aus.«

»Du denkst dir Stasi-Akten aus? Habe ich das richtig verstanden?«
»Klar. Das ist ein riesiges Geschäft. Über zwei Millionen Leute wollten bisher ihre Akten sehen. Von fast genauso vielen wollte der öffentliche Dienstherr die Akten einsehen. Da ist ein riesiger Bedarf.«
»Und die echten Akten?«
»Es gibt keine.«
»Es gibt keine Akten?«
»Die Stasi hat damals weit weniger Akten geführt, als alle immer denken. Das meiste Papier war Attrappe. Die wollten alle auch bloß einen guten Eindruck machen, vor ihren Vorgesetzten. Außerdem wurde während der Wende fast alles vernichtet. Vieles haben auch der BND, der KGB, die CIA bekommen. Na gut, vielleicht gibt es auch noch ein paar echte Stasi-Akten, irgendwo in irgendeinem Archiv. Aber wer soll die denn alle durchsehen. Und dann findet man da nicht mal was Passendes zum Antragsteller. Weißt du, es ist wirklich einfacher, wenn wir die Akten gleich selber schreiben.«
»Und ist das viel Arbeit?«
»Geht so. Die meiste Zeit verbringen wir mittlerweile damit, Papier aus der damaligen Zeit aufzutreiben. Muss ja alles echt aussehen.«
»Für wen arbeitest du noch mal?«
»Für die Bundesbeauftragte für die Unterlagen des Staatssicherheitsdienstes der ehemaligen DDR.«
»Und die weiß, dass du Akten fälschst?«
»Fälschen würde ich das nicht nennen. Entwerfen, ich entwerfe Akten und gestalte sie. Das ist die Aufgabe dieser sogenannten Behörde. Die machen da alle nichts anderes.«
»Und die nehmen euch das ab?«
»Wen auch immer du meinst: ja.«
»Ihr werdet doch vom Bund finanziert, vom Steuerzahler.«
»Das werden viele.«
»Aber ihr seid keine Behörde, ihr seid Betrüger!«
»Was regst du dich denn so auf?«
»Also, das macht mich richtig fertig. Ich weiß gar nicht, was ich sagen soll.«
»Bist so ein ganz Gutgläubiger, oder was? Hab ich dir jetzt deine Illusionen genommen? Hättest ja nicht zu fragen brauchen.«
»Gutgläubig, so ein Quatsch. Ich war damals selbst bei der Stasi.«
»Ach herrje!«

»Ja. Major des MfS war ich. Und in unserer Abteilung haben alle immer sehr sorgfältig gearbeitet.«
»Glaubst du, Genosse Major.«
»Das weiß ich.«
»Na dann, Prost!«
»Prost! – Sag mal, schreibst du wirklich Stasi-Akten?«
»Warst du wirklich Major?«
»Ich habe zuerst gefragt.«
»Ich bestell uns mal noch zwei Bier.«

FREITAGS IM SUPERMARKT

Als mir ein Glas in die Hand gedrückt wird, bin ich überrascht: »Nanu?«

»Ja, wir feiern heute«, sagt die Supermarktangestellte mit dem Sekttablett.

»Was feiern Sie denn?«, werde ich neugierig.

»Sie werden schon sehen.«

Um die Neugier so richtig anzuheizen und auszukosten, lasse ich mir noch einen Sekt geben. Na gut, noch einen. Jetzt muss ich aber los. Was da wohl gefeiert wird? Ich bin ja so neugierig.

Dann sehe ich es: ein zweites Drehkreuz. Der Supermarkt hat sich ein zweites Drehkreuz geleistet. Gleich hinter dem ersten Drehkreuz. Dahinter, nicht daneben. Und natürlich auch eine zweite Einkaufswagenschleuse, gleich hinter der ersten Einkaufswagenschleuse. Mit solchen orangen Plasteklappen, die nur in eine Richtung hochschwingen können. Sehr beeindruckend.

Ich beobachte eine Seniorin, die sich auch mehrere Gläschen Sekt gegönnt hat und nun in verschlungenen Achten um die zwei Drehkreuze schlingert wie ein Planet in einem Doppelsternsystem. Es gelingt ihr einfach nicht, herauszukommen. Immer wenn sie glaubt, es geschafft zu haben, steht sie wieder vor einem Drehkreuz, und es geht von vorne los, wieder mit einer halben Drehung zu viel. Früher, als es nur ein Drehkreuz gab, stand sie nach jedem missglückten Versuch draußen. Da konnte sie verschnaufen und es dann noch einmal versuchen. So aber, mit zwei Drehkreuzen, verbleibt sie auf ihrer komplizierten Umlaufbahn, wahrscheinlich für immer.

Nein, doch nicht. Ein Mitarbeiter des Supermarktes blockiert geschickt zum richtigen Zeitpunkt das zweite Drehkreuz mit einem Besenstiel. Die Oma, die schon ganz schön Geschwindigkeit drauf hat, schießt tangential davon und fällt am Ende ihrer Bahn in einen Obststand.

»Noch einen Sekt!«, fordert sie kichernd, »Das Teufelszeug dreht aber ordentlich, hihi!«

Jetzt muss ich versuchen, reinzukommen, bevor die junge Mutti neben mir mit ihrem Kinderwagen in der Schleuse stecken bleibt. Ich beeile mich und schaffe es auch, die Drehkreuze nach nur zwei Runden hinter mir zu lassen.

Ich hatte völlig recht mit meiner Befürchtung: Der Kinderwagen der jungen Mutti bleibt in der Doppelschleuse stecken. Als das Kind anfängt zu heulen, zucken im Einkaufsbereich unabhängig voneinander mehrere Personen zusammen, die einen Moment lang befürchten, eine Alarmanlage könnte angegangen sein, weil sie unauffällig die Bio-Eier mit denen aus der Käfig-Eierpackung vertauscht haben, um Geld zu sparen. Aber es ist gar keine Alarmanlage, es ist das in der Einkaufswagenschleuse gefangene Kind. Es geht aus irgendeinem unerfindlichen Grund nicht vorwärts, und rückwärts geht es nicht, wegen der orangen Plasteklappen, die nur in eine Richtung hochschwingen können, im ersten Schleusentor. Die orangen Plasteklappen im zweiten Schleusentor verhindern, dass die junge Mutti zu ihrem Kind in die Schleuse kriechen kann. Das doppelte Drehkreuz verhindert, dass sie wieder hinauskommt, um es von der anderen Seite zu versuchen. Irgendwann gibt sie auf.

»Wissen Sie, was das Schlimmste ist?«, fragt sie mich.

»Nein«, sage ich, »was ist das Schlimmste?«

»Das ist gar nicht mein Kind. Mein Mann hat aus Versehen das falsche aus dem Kindergarten abgeholt, weil die Betreuerinnen dort die Anziehsachen vertauscht haben. Mein Mann hat einfach das Kind mit dem Pullover, der ihm bekannt vorkam, mitgenommen, der Idiot. Wie haben uns dann mit den anderen Eltern telefonisch darauf geeinigt, die Kinder nächsten Montag zurückzutauschen. Na ja, dass wird ja jetzt wohl nichts mehr. Ich habe wirklich keine Nerven mehr für so was. Soll mein Mann das geradebiegen, der Idiot.«

Sie verschwindet zwischen den Regalen. Das erinnert mich daran, dass ich ja auch hergekommen bin, weil ich etwas kaufen will, und zwar Eier. Ich leiste mir eine teure Packung Bio. Ich habe nämlich herausgefunden, dass die besser schmecken.

Nach der Kasse hole ich mir dann noch einen Sekt.

»Ist das nicht schön?«, fragt mich ein Mann, den das Schildchen an seinem Revers als Filialleiter ausweist, »diese Drehkreuzeinweihungen sind für mich immer das Schönste.«

Inzwischen kann man einem Geschäftsreisenden dabei zusehen, wie er um eines der beiden Drehkreuze rotiert und sein Rollkoffer um das andere, dann treffen sie sich in der Mitte, Mann und Rollkoffer tauschen die Positionen, und der Tanz geht weiter.

»Nächstes Jahr«, sagt der Filialleiter, er ist, glaube ich, auch schon beschwipst, »nächstes Jahr bauen wir ein drittes Drehkreuz ein.«

»Auch eine dritte Einkaufswagenschleuse?«, frage ich.

»Na klar, was denken Sie denn!«, er kichert albern, »so viele Kreuze haben die bei ihrem blöden Billigdiscounter gegenüber nicht.«

»Ich staune nur, wo Sie das Geld herhaben für solchen Luxus. Machen Sie so viel Umsatz? Ich meine, die meisten Leute gehen doch gegenüber zum Discounter.«

»Psst!«, er kommt ganz nahe an mein Ohr, »Ihnen verrate ich's. Es sind die Eier.«

»Ich verstehe nicht.«

»Die Eier. Die Leute kaufen wie verrückt Bio-Eier. Ich komme jeden Morgen als Erster in den Markt. Eine Stunde eher als alle anderen. Und ich vertausche die Eier in den Packungen. Die Käfig-Eier und die Bio-Eier.« Er kichert.

Ich trinke noch einen Sekt und gehe dann nach Hause. Freitags gehe ich ab jetzt nicht mehr einkaufen, da ist mir immer zu viel los.

DIE GESCHENKE SIND EIGENTLICH JEDES JAHR DAS SCHLIMMSTE

Die Geschenke sind eigentlich jedes Jahr das Schlimmste. Nicht die Gans, die meine Frau in der Röhre austrocknen lässt. Nicht die Musik, nicht die Dekorationen in den Fenstern, nicht die Wessis, die immer »an Weihnachten« sagen und schreiben. Nein, am schlimmsten sind die Geschenke.

Die Kalender, die die Große und die Mittlere immer basteln zum Beispiel. Ich sage immer: »Die sind so schön, die nimmt Papa mit ins Büro, damit er sie immer sieht.« In Wirklichkeit führt der Weg ins Büro an der blauen Papiertonne vorbei. In Wirklichkeit hat Papa im Büro einen Titten-Kalender und denkt auch nicht daran, sich vor den Kollegen mit dem Geschmiere seiner missratenen Blagen lächerlich zu machen. Oder die Krawatten, die mir meine Frau immer schenkt. Du kennst das, Kumpel. Vorletztes Jahr haben sie zusammengelegt. Meine Frau, ihre Geschwister und meine Schwiegereltern. Sie haben mir eine Jahreskarte bei einem Fitnesscenter geschenkt, in einer Muckibude, einer Pumpstation. Ich Idiot bin sogar hingegangen, dienstags und donnerstags, weil der Kleine da immer Geige übt. Zwei Fliegen mit einer Klappe, dachte ich, ich verpasse die Katzenmusik und werde schlanker. Wir hatten damals diese neue Praktikantin im Büro. Ich hatte mich also sogar gefreut über das scheiß Kraftstudio. Obwohl mir hätte klar sein müssen: Ein Weihnachtsgeschenk ist ein Weihnachtsgeschenk ist ein Weihnachtsgeschenk. Aus Kacke kann man keine Bonbons machen. Aber ich bin ja blöde. Ich da also jedes Mal hin dienstags und donnerstags. Es passiert aber nichts. Ich bleibe wie ich bin. Nix Muskelaufbau. Und mein Bauch gehört mir, nach wie vor. Und dann heißt es auch noch, der kleine Paganini macht solche Fortschritte, der muss jetzt jeden Tag Geige üben. Komisch bloß, dass ich die nicht höre, die Fortschritte. Wo hat denn dieser Geigenlehrer seine Ohren, frage ich mich. Der hatte seine Ohren mang den Titten meiner Frau. Ich wusste das aber natürlich nicht, ich war ja trainieren. Mittlerweile sogar jeden Tag, wegen unseres kleinen Hegedüs, unserem Teufelsgeiger. Mann war ich blöd. Ich hätte in der Zeit schön in den Puff gehen können oder wenigstens in die Kneipe, aber ich: immer schön Training. Und vor dem Studio, da hockt immer so ein Typ rum und bettelt. Ich hab dem nie was gegeben. Aber dann, als der Advent anfing, letztes Jahr, da ist mein Herz ganz weich geworden. Ich hab mir versucht auszumalen, was für einen Dreck ich wohl dieses Jahr wieder geschenkt bekomme, und da ist von dem ganzen Selbstmitleid auch noch was für den Bettler vor dem Kraftstudio übrig geblieben, ein bisschen Mitleid. Ich gebe dem also einen Zehner. Und der Typ grinst so und sagt:

»Weil du mir etwas gibst, will ich dir auch etwas geben. Du musst wissen, dass ich früher mal Wissenschaftler war. Sportwissenschaftler. Aber ich habe meine Karriere schon vor langer Zeit aufgegeben, wegen der Drogen. Das war, nachdem ich herausbekommen hatte, dass mich der Geigenlehrer mit meiner Frau betrog. Aber egal, das sind alte Geschichten. Aber du, wie lange kommst du schon hierher zum Training? Fast ein Jahr, stimmt's? Und du kommst jeden Tag, nicht wahr? Und, hat es was gebracht? Nein! Und ich sage dir warum. Ich erzähle dir jetzt das bestgehütete Geheimnis der ganzen Sportbranche. Man kann nicht trainieren. Training funktioniert nicht. Niemand verbessert seine Leistungen durch Training. Das ist ein Mythos. Das wird immer behauptet, weil es ein riesiges Geschäft ist, weil damit Geld gemacht wird, viel Geld. Ich weiß was du fragen willst. Es gibt gute Sportler, Spitzensportler, na klar. Aber die haben alle Talent. Ein talentierter Sportler ist von vornherein schnell, stark oder geschickt. Das ist angeboren. Bei denen ist Training eigentlich überflüssig. Sie können schon alles. Und bei Untalentierten wie dir ist es überflüssig. Das ist wie bei, na, zum Beispiel wie bei Geige. Da ist es auch so. Aber man verkauft den Menschen eben den Traum von der persönlichen Entwicklung. Eine Illusion, aber eine, für die viele nur allzu gern viel bezahlen. Mir ist das eigentlich egal. Mich interessiert das nicht mehr. Ich meditiere viel, da wird so was unwichtig. Aber dir erzähle ich das. Weil du mir etwas gegeben hast, habe ich dir auch etwas gegeben.«

Na schöne Scheiße, denke ich, wenn der Typ recht hat, dann war das letzte Weihnachtsgeschenk ja wohl mal wieder so richtig die Oberscheiße. Und ich geh also nicht rein ins Fitnesscenter sondern nach Hause. Und da platze ich rein, genau, als der feine Herr Musikpädagoge meine Frau durchgeigt. Da bin ich ausgerastet. Und jetzt bin ich hier. Ich bleib hier auch noch voraussichtlich elf Jahre. Ich hoffe, wir vertragen uns gut. Du darfst den Kalender da in der Ecke ruhig zum Arschabwischen nehmen. Den haben die Große und die Mittlere gebastelt. Du weißt ja, die Geschenke sind jedes Jahr das Schlimmste. Ist ja bald wieder so weit. Nimm dir ein Stück von dem Stollen, Kumpel, und erzähl mal! Warum bist du hier? Warum haben sie dich eingebuchtet?

ANMACHEN

Ich weiß doch auch nicht. Ich weiß doch auch nicht, wie so etwas geht. Wie man so was macht. Was man da sagt. Keine Ahnung. Ich habe doch auch keine Ahnung. Ich bin doch kein Casanova. Kein Don Juan. Kein Dieter Bohlen. Ich bin doch kein Weiberheld. Ich weiß nicht, wie man die rumkriegt. Ich bin kein Charmeur. Ich tu bloß immer so. Wegen der Selbstachtung. Und wegen des Eindrucks, den ich mache. Muss doch keiner merken, dass ich keine Ahnung habe. Geht doch keinen was an. Nee, da tu ich lieber so als ob. Sollen ruhig alle denken, ich würde mich auskennen. Vor allem Frauen denken das. Es denken ja immer alle, ich sei so eine Art Experte im Fachgebiet »Frauen rumkriegen«. Nehme ich jedenfalls an, dass das alle denken. Woher soll ich wissen, was die Leute denken? Besonders wenn die Leute Frauen sind. Eigentlich ist mir das auch egal, was die denken. Geht mich ja auch nichts an. So sieht's einfach mal aus. Ich weiß nicht, was die Weiber denken, und ich weiß auch nicht, wie man die rumkriegt. Ich halte ja auch kein Schild hoch, auf dem steht, dass ich voll der Auskenner bin. Nee, das wäre ja auch gelogen. Ich weiß doch auch nicht.

Mein Kumpel Jan weiß auch nicht, wie man eine rumkriegt. Er fragt mich: »Was sage ich da am besten?«

Er meint, da, in Hamburg, wo eine Frau wohnt, die er neulich kennengelernt hat und die er nächste Woche treffen möchte, wenn er beruflich in Hamburg ist. Treffen möchte er sie und sich von ihr abschleppen lassen. Am liebsten. Ich glaube, er findet sie sympathisch.

Klar, er kann mit ihr Kaffee trinken gehen oder abends schön essen oder irgendwo etwas trinken, Bier oder Wein oder Cocktails oder alkoholfreie Getränke, Softdrinks, wie man so sagt, oder auch Longdrinks, die sind dann aber wieder mit Alkohol, muss er eben sehen, auf was sie Lust hat. Oder tanzen, in einer Disco oder auf einem Konzert. Mit Musik. Aber dann, auf dem Heimweg, muss er irgendetwas Geschicktes sagen, damit sie ihn mitnimmt in ihr Bett, zum Zwecke der Ausübung von Geschlechtsverkehr mit Sex. Das ist wichtig. Also Jan ist das wichtig. Mir ist das egal, ich kenne die Käthe ja überhaupt nicht. Muss er selber wissen.

Einfach so sagen: »Los, lass uns miteinander vögeln!«, das geht nicht. Das hat eine Absage zur Folge. Das habe ich schon mal ausprobiert. Hat nicht geklappt. Im Kaffee Burger war das. Da war diese wildfremde Frau, und die hat zu mir gesagt: »Los, lass uns miteinander vögeln!« Es hat nicht geklappt, ich habe abgelehnt. Gut, schön doof, kann man jetzt denken, aber vielleicht ist die Braut, auf die Jan scharf ist, ja auch so doof wie ich damals. Mit so was muss man immer rechnen.

Wenn es seine Wohnung wäre, könnte er ihr anbieten, dass sie bei ihm übernachtet und nicht noch mal raus muss so spät, ist ja schon 18 Uhr, raus in die Kälte, sind ja bloß 18 Grad. Aber es geht um ihre Wohnung, da kann er sie nicht fragen, ob er bei ihr übernachten kann, um nicht noch mal raus zu müssen. Nee, er muss das irgendwie so drehen, dass sie ihm das von sich aus anbietet.

Ein kniffliges Problem. Es müsste so laufen, dass er beim Abschied sagt: »Ich geh mal noch eine Pizza essen, begleitest du mich ein Stück?«, und sie sagt: »Ich habe noch eine Pizza bei mir im Tiefkühlfach, komm doch zu mir.« Oder, dass er sagt: »Ich gehe mal in die Kneipe, Hände waschen, begleitest du mich ein Stück?«, und sie sagt: »Ich habe einen Wasserhahn zuhause, komm doch mit hoch.«

Ich habe eine Idee: Jan, du musst, wenn ihr euch auf der Straße verabschiedet, zu ihr sagen: »Du, ich wollte jetzt noch in den Puff, begleitest du mich ein Stück?«

Also, wenn du sie damit nicht rumkriegst, ich weiß nicht, dann ist sie nicht die Richtige, glaube ich.

Und jetzt bestell verdammt noch mal endlich zwei Bier und zwei Wodka. Du bist doch mein Freund, und ich habe dir gerade geholfen.

DAS RÄTSEL BRECHT

Brecht ist der große Unbekannte in der deutschsprachigen Literatur. Geheimnisumweht bis zum heutigen Tage. Eugen Berthold Friedrich Brecht. Geburts- und Todestag sind unbekannt, ebenso die meisten seiner Werke. Ich weiß nicht mehr warum, wahrscheinlich war ich gerade krank, als der Stoff in der Schule durchgenommen wurde, oder ich weilte – kränkelndes Kind, das ich stets war – in irgendeinem Sanatorium. Vielleicht war auch hitzefrei. Man weiß es nicht genau. Man weiß es nicht mehr. Vergessenes Wissen, verloren gegangen wie so vieles, was wir heute über Brecht nicht mehr wissen.

Stattdessen beleben Gerüchte das Labyrinth der Vorstellungen, die wir uns von Brecht machen. Ein Genie soll er gewesen sein. Kommunist. Dichter. Möglich ist das alles. Besonders dass er Dichter war, ist sehr gut vorstellbar. Schließlich führt der Internet-Buchhändler Amazon unter dem Namen Bertolt Brecht 1093 Titel. Unter anderem in so illustren Kategorien wie: Erotik; Freizeit, Haus & Garten; Reise & Abenteuer; Religion & Esoterik; Sport & Fitness. Eine Vielfalt, die darauf schließen lässt, dass er wohl wirklich ein Genie war. Und eine Menge an Texten, die dafür sorgt, dass er wohl auf ewig rätselhaft bleiben wird, sein Schaffen unbekannt, zumindest mir. So viel kann ich beim besten Willen nicht lesen, ich muss noch abwaschen, den Müll runterbringen und den Großen vom Kindergarten abholen. Schon allein durch den Umfang des Werks bleibt der Rezipient entfremdet und der Autor eine tragische Figur, ein Unverstandener. Brecht der Workaholic, der Adolf Hennecke des literarischen Schaffens, der Rätselhafte.

Aber Brecht war auch ein Mann des Theaters. Das Berliner Ensemble an den Gestaden der Spree gilt als sein Theater, was damit zusammenhängen mag, dass er es gegründet hat. Hier erlebte ich vor Jahren einmal eine Aufführung vom »Leben des Galilei«. Es war unvergesslich – sonst könnte ich jetzt ja auch nichts darüber berichten. Schon der Einstieg in die Thematik gestaltete sich äußerst schwierig, denn ich war erst zur Pause eingelassen worden. Ich war an einem milden Abend durch Berlins Mitte geschlendert, und ein Sommerregen, eine Husche, hatte mich zu einem Theaterbesuch überredet. Eigentlich wollte ich mich bloß im Foyer unterstellen. Aber siehe da, soll noch mal einer sagen, das Theater halte keine Überraschungen mehr parat, der Kartenabreißer war ein ehemaliger Mitschüler von der Volkshochschule. Er ließ mich umsonst hinein und ich nahm als Einziger auf dem Rang des Theatersaales Platz. Es war ein prächtiger Saal: Zierrat, Stuck und Blattgold soweit das Auge reichte. Man konnte sich gar nicht sattsehen. Diese Aufführung stellte das Theater eindeutig in den Mittelpunkt. Von der Bühne sah man nämlich nichts. Eine metallfarbene Platte sperrte die obere Hälfte des Bühnenraumes nach vorn ab, so dass man vom Rang aus gerade mal den vorderen Bühnenrand sehen konnte. Kein Schauspieler, kein Bühnenbild, nichts lenkte den Besucher des Ranges von seinen eigenen Gedanken ab. Das musste er sein, der berühmte Brechtsche Verfremdungseffekt. Dialektisches Theater, so erklärte mir hinterher der Kartenabreißer mit abschätzigem Blick auf das Gelichter, das banausenhaft im Parkett gesessen hatte. Obwohl sie alle doppelt so lange in dem Stück waren wie ich, hatten sie wahrscheinlich nur halb so viel selbst nachgedacht in der Zeit. Brecht würde sich im Grab umdrehen. Worum es im »Leben des Galilei« ging, weiß ich bis heute nicht. Brecht, einer der rätselhaftesten Autoren des 20. Jahrhunderts, ein großer Unbekannter.

Der Verfremdungseffekt übrigens, der war wahrscheinlich Schuld am Untergang der DDR. Die ganze DDR basierte nämlich auf dem Verfremdungseffekt, nicht bloß das Theater am Schiffbauerdamm. Dort sollte der Zuschauer eine Distanz aufbauen statt einer Identifikation, sich nicht von der Handlung gefangen nehmen lassen, sondern sich der Illusion bewusst werden, gesellschaftliche Missstände analysieren und hinterfragen. Das war das epische oder auch dialektische Theater. Genauso gab es in der DDR dialektische Restaurants, in denen der Gast sich der Illusion bewusst werden konnte, epische Warenhäuser, in denen der Kunde eine Distanz aufzubauen und Ferienheime, wo der werktätige Urlauber Missstände zu hinterfragen gezwungen war. Genau genommen wurde Ostdeutschland von Künstlern regiert, die die Methoden des Theaters auf die Gesellschaft übertragen hatten und damit scheiterten.

Ein kleiner Exkurs sei mir gestattet: Heute ist das Theater ein bisschen zu einer elitären Angelegenheit geraten, aber das politische Kabarett ist sehr populär. Ein besonderer Ausweis von Qualität scheint dabei zu sein, wenn einem, wie man häufig hört, das Lachen im Halse stecken bleibt. Und analog dazu war ich auch schon in politischen Restaurants, wo einem das Essen im Halse stecken bleibt, aber das bloß nebenbei. Zurück zum großen Unbekannten der deutschen Literatur, dem rätselhaften Brecht.

Rätselhaft auch die Musik, diese Brecht-Weill-Musik von Weill, zu der Brecht die Texte schrieb. Sie klingt wie eine Parodie auf Musik. Genau wie die Beach Boys. Aber auch das soll nur am Rande erwähnt werden, denn ich muss noch einkaufen gehen, den Kleinen baden und Wäsche aufhängen.

Es ist anstrengend, Beruf und Familie miteinander zu vereinbaren, wenn man kein Hausmann ist, sondern zum Beispiel Schriftsteller, so wie Brecht oder wie ich. Andererseits habe ich jetzt, wo ich auch Schriftsteller bin, endlich die Gelegenheit und den Anlass, mich mal mit dem Kollegen Brecht zu beschäftigen. Auf Augenhöhe sozusagen. Früher, als ich noch BMSR-Techniker war, hat mich eine Auseinandersetzung mit Brecht einfach nicht interessiert, er war ja kein BMSR-Techniker. Das Sein bestimmt das Bewusstsein. Brecht, als der Marxist, der er war, würde mir sicher recht geben, soviel ist sicher. Alles andere ist ein Rätsel. Das Rätsel Brecht.

SCHOKOLADE AUS DER ZUKUNFT

Meine Eltern besaßen eine Zeitmaschine. Die anderen hielten mich für einen Spinner. Zeitmaschinen gibt es nicht, behaupteten sowohl meine Mitschüler als auch meine Lehrer. Mir war das egal. Mich mochte sowieso keiner so richtig. Aber sie gaben mir keine allzu schlechten Zensuren, denn meinen Eltern waren beliebt. Sie waren bei der Post. Ich weiß allerdings nicht, was sie da eigentlich gemacht haben. Aber eine Zeitmaschine hatten sie. Wenn mir niemand glauben wollte, focht mich das nicht an, ich hatte ja Beweise. Allerdings behielt ich diese Beweise für mich. Aus gutem Grund. Es handelte sich nämlich um Schokolade – Schokolade aus der Zukunft.

Bestimmt hatten meine Eltern sehr lange auf die Zeitmaschine warten müssen. Auf einen Trabi wartete man ja schon locker zehn Jahre. Auch ein Telefonanschluss konnte dauern. Vielleicht besaßen sie aber auch den einzigen Prototyp dieses wertvollen Gerätes. Ich verstand, dass sie unter diesen Umständen die Maschine schonen wollten, trotzdem wäre ich gerne einmal mitgefahren. Sie erfüllten mir diesen Wunsch nie. Nicht mal zu sehen bekam ich das Ding. Darum konnte ich auch nie etwas antworten, wenn mich die anderen auf dem Schulhof fragten: »Und wie sieht deine Zeitmaschine aus? Haha, du Spinner!« So sehr ich auch bettelte, meine Eltern blieben hart. Ich durfte im Trabi vorne sitzen, aber mit auf eine Zeitreise nahmen sie mich nie. Sie brachten mir jedoch immer was mit. Schokolade. »Hier«, sagten sie, »wir haben dir etwas mitgebracht, Schokolade aus der Zukunft.«

Es musste eine Ära gewesen sein, die sie besuchten, in der die Raumfahrt so normal war, wie bei uns der Omnibus, denn sie brachten Schokoladenprodukte mit, die so nahrhaft waren, dass sie für Kosmonauten gedacht gewesen sein mussten, und manche hießen ja auch Mars, andere Milchstraße, bloß auf Englisch: *milky way*.

Niemand in unserem Dorf hatte solche Schokolade. In der DDR gab es so etwas nicht, da gab es bloß Schlager-Süßtafel, nicht mal in der BRD gab es solche Süßigkeiten, ganz im Gegenteil, da gab es überhaupt keine. Keines der Westpakete, die die anderen Familien in unserem Dorf geschickt bekamen, enthielt auch nur ein einziges Stück Schokolade. Das war wirklich so, ich hatte die anderen Kinder gefragt. Meine Eltern bestätigten es auch, und die mussten es wissen, sie arbeiteten schließlich bei der Post. Die BRD musste ein Scheißland sein! Wir stellten es uns vor wie Albanien, weil wir sonst nichts darüber wussten. Anderswo soll man ja Fernsehsender von dort empfangen haben, aber nicht in unserem Dorf.

Unser Dorf wurde immer leerer. Viele Familien machten in Ungarn Urlaub und kamen nie wieder zurück. Dann machte die DDR Feierabend und kam auch nie wieder zurück. Meine Eltern verloren ihre Arbeit. Man warf ihnen Unregelmäßigkeiten vor, Diebstahl sogar. Eine Frechheit war das. »Geh in die Stadt, Sohn!«, rieten sie mir, »Geh in die Hauptstadt! Wir haben nichts mehr. Wir mussten alles verkaufen, sogar die Zeitmaschine. Jetzt ist das Geld alle. Sieh, sogar der Konsum hat für immer geschlossen. Geh in die Hauptstadt, such dir Arbeit und schick uns Geld!«

Ich befolgte den guten Rat meiner Eltern. Ich schicke Geld und besuche sie manchmal. Sie wohnen immer noch im Dorf, fast als Einzige. Sie haben nicht viel. Ich glaube, wer auch immer ihnen damals die Zeitmaschine abgekauft hat, hat sie übers Ohr gehauen. Denn als ich damals die nächste Stadt erreichte, gab es überall im Überfluss diese Schokolade aus der Zukunft zu kaufen. Irgendwer hat sich eine goldene Nase verdient, mit der Zeitmaschine meiner geschäftsuntüchtigen Eltern. Na, wenigstens war die BRD dadurch einigermaßen erträglich geworden, wo wir doch jetzt da leben mussten.

PONYTRÄUMCHEN

Wohl dem, der im Einklang mit sich selbst lebt, in Harmonie mit der Welt. Ich tue das nicht. Ich bin nicht gerne ich. Ich kenne auch niemanden, der mit mir tauschen würde, und ich kann es niemandem verübeln. Ich wäre gerne jemand anderes. Ein ganz anderer Mensch zum Beispiel, vielleicht ein Mädchen, denn ich mag Mädchen. Und warum eigentlich ein Mensch? Ich könnte doch auch was ganz anderes sein. Ein Pilz zum Beispiel oder ein Ei oder eine Blume. Aber wenn ich länger darüber nachdenke …

Ich wäre gern ein Pferd. Ein Pony, auf einem Ponyhof. Ich stelle mir das toll vor, das Leben als Pferd. Viel besser als mein jetziges Leben.

Jeden Tag würden präadoleszente Mädchen zu mir kommen, um mich zu streicheln und zu striegeln, und sie würden mir Möhren mitbringen und Äpfel und lauter gesunde Sachen. Außer die dicke Nadine vielleicht, die würde mir immer, wenn ihr Taschengeld das zulässt, Pommes frites mitbringen und Gummibärchen, aber ab und zu wäre mir das eigentlich ganz recht, und sie macht es heimlich, damit man ihr nicht verbietet, mich weiterhin zu besuchen.

Wie junge Mädchen so sind, würden sie mir ihre Lieblingsmusik vorspielen, vom Ei-Pott, das wäre ganz schön gruselig, dieser ganze pinkfarbene Plastiksound von weichgespülten Päderasten. Aber wen beneiden die wohl, auf wen sind die eifersüchtig? Auf mich. Auf das Pferd vom Ponyhof. Denn ihre Bilder hängen wahllos verstreut an der Teenagerzimmerwand um meins herum, ich bin in der Mitte, ich werde gestriegelt und gestreichelt.

Ich hätte viele kleine Freundinnen, die sind alle so klug und lieb und wollen später mal Tierärztin werden oder Meeresbiologin. Bei der dicken Nadine ist das natürlich Quatsch, die lernt mal Fleisch- und Wurstfachverkäuferin und endet an der Essensausgabe einer Bundeswehrkantine. Ich weiß das, denn ich bin ein besonderes Pferd und kann in die Zukunft sehen.

Ich hätte viel Bewegung an der frischen Luft, viel mehr als jetzt, wo ich in einer stickigen, ungelüfteten Schreiberkemenate vor mich hin faule. Da hätte ich auch mal ein paar positive Gedanken, an der frischen Luft, und würde nicht immer bloß über so morbides Zeug grübeln wie jetzt.

Mit von Kinderhänden in die Mähne geflochtenen Blüten würde ich gepflegte Parkwege entlangschreiten, was nur halb so anstrengend wäre, denn ich hätte ja doppelt so viele Beine. Oder über Wiesen traben, blühende Streuobstwiesen einer nachhaltig betriebenen Landwirtschaft, in der fürsorgliche Latzhosenträger mit altmodischen Brillen und pittoresken Strohhüten der goldenen Sommersonne gesunden Gemüsesaft abschmeicheln. Und ich würde glücklich wiehern. Außer wenn die dicke Nadine auf mir drauf sitzt, dann tut mir ganz schön der Rücken weh, und die Kniegelenke sind auch so doll belastet, und ich habe Kopfschmerzen, den ganzen Tag. Die ist auch ziemlich mürrisch, die Nadine, und so gut streichelt die auch nicht, mit ihren Wurstfingern. Aber das wäre ja auch bloß bei der dicken Nadine so, und die kommt ja bloß vier Mal in der Woche, das geht ja noch, sag ich mir immer.

Und zu Ostern und Pfingsten und immer, wenn es was zu Feiern gibt, dann ziehe ich eine Kutsche mit fröhlich Limonade trinkenden Kindern durch Baumalleen. Das ist ein Spaß! Außer wenn die dicke Nadine mitfährt, dann kotze ich manchmal vor Anstrengung. Aber ich halte durch, und am Ende unserer Fahrt erwarten uns die Eltern mit selbst gebackenem Kuchen an einer geschmückten Tafel. Der Kuchen schmeckt oft ein bisschen komisch, weil die Eltern ja eigentlich Zahnärzte und Architekten sind, nicht Bäcker. Außer die Eltern der dicken Nadine, die sind Hartz IV. Und die Väter stehen etwas abseits an einem Grill und wenden Würstchen. Vom Geruch her würde ich sagen: Pferdewurst.

Ein schöner Nachmittag unter Lampions, Luftballons und Seifenblasen. Und wenn alle Kinder mit ihren Eltern nach Hause gegangen sind, habe ich Feierabend, dann gehe ich in die Kneipe und entspanne mich bei einem Glas Bier oder zwei oder drei. Und ich stecke mir eine Marlboro an und spiele die eine oder andere Partie Billard mit den Kumpels. Und wenn ich noch Hunger kriege, bestelle ich mir ein Steak. Irgendwann nachts gehe ich nach Hause, lege ich mich aufs Bett, höre noch ein bisschen Hardrock und schlafe ein. In Harmonie mit der Welt und im Einklang mit mir selbst. Oder was weiß ich, was diese Pferde machen, wenn es dunkel ist. Träumen wahrscheinlich. Süße rosige Sahneponyträumchen. Nur ich träume wieder mal von der dicken Nadine. Na ja.

WAS ICH HEUTE MACHEN WÜRDE, WENN ICH NICHT SCHRIFTSTELLER GEWORDEN WÄRE – TEIL 3: INFORMATION

Ausgerechnet Information. Ausgerechnet bei meinem Gedächtnis. Keks, Bregen, Hirn, Graue Zellen. Ausgerechnet ich. Schon allein diese Uniform, diese beige Uniform. Beige, was ist das denn für eine Farbe. Ist das überhaupt eine Farbe? Und diese Mütze. Dieses Große »i« auf dem Rücken. Also ein kleines »i«, eins mit Punkt, mit i-Punkt, aber ganz groß hinten drauf. Und an der Mütze dran. An so einem Draht steht das so oben von der Mütze ab. Und dieser Aufnäher an der Brust: »Information«. Ausgerechnet ich, wo ich mir doch nichts merken kann. Bei meinem Gedächtnis.

Die Frau auf dem Amt hat gesagt, diese Arbeit sei das Einzige, was sie mir anbieten kann. Jetzt stehe ich hier. Mitten im Stadtbild. Um den Menschen, den Bewohnern dieser Stadt und ihren Besuchern, ganz allgemein als Ansprechpartner zur Verfügung zu stehen.

Dabei bin ich überhaupt nicht gerne Ansprechpartner. Aber irgendwie sprechen mich doch immer welche an. In der Regel Verrückte. Ich kann machen, was ich will. Am Tresen lehnen zum Beispiel, das ist ja alles, was ich will, am Tresen lehnen. Und während ich da lehne, am Tresen, kommt irgendein Irrer und textet mich zu. Keine Ahnung, warum ausgerechnet immer mich. Ich meine, ich habe ja kein Schild auf dem Rücken: »Hallo Irrer, sprich mit mir!« Jetzt habe ich ein großes »i« auf dem Rücken.

Habe ich schon gesagt, dass ich mir nichts merken kann? Was soll ich sagen, wenn mich irgendwer was fragt? Wenn jemand eine Information will? U menja nje jestch informazija. I have no information. No hay informaciones. Nekem semi informaciok vannak.

Tidak ada informasi. Toller Typ: Er weiß nichts, aber das in sechs Sprachen.

Ich könnte mir vieles aufschreiben. Ich könnte Kursbücher und Fahrpläne und Stadtpläne und Listen und Verzeichnisse zu Hilfe nehmen, wenn ich nicht stets vergessen würde, die auch einzustecken, wenn ich auf Arbeit gehe. Früher habe ich sogar manchmal vergessen, überhaupt auf Arbeit zu gehen. Später habe ich vergessen, mich zu bewerben. »Muss man Sie an alles erinnern?«, hat die Frau auf dem Amt mich gefragt. Ja, muss man.

»Wart's doch erst mal ab«, hat der Tresenmann gesagt, gestern, an meinem letzten freien Tag, »wart's doch einfach ab, wer weiß, was für Informationen das überhaupt sind, die du da verteilen sollst. Vielleicht ist es ja gar nicht so viel. Geh mal optimistisch an die Sache ran. Willste noch 'n Bier?«

»Ja, klar«, habe ich gesagt. Und dann ist so ein Freak gekommen, hat sich neben mich gestellt und mich vollgequatscht.

Heute habe ich mich dann wie vorgeschrieben in der Zentrale gemeldet. Ich habe die Uniform bekommen und meinen Standort. Und dann bin ich da hin. Natürlich habe ich sie vergessen mitzunehmen, die ganzen wichtigen Informationen. Ich also, ruf ich die Zentrale an. Und da sagen die mir: Es hat alles seine Richtigkeit. Es gibt keine besonderen Informationen, die ich kennen müsste. Ich bin ja einer von vielen. Und wir werden gut sichtbar überall in der Stadt eingesetzt, damit sich die Menschen ganz allgemein, die Einheimischen und die Touristen, damit die sich besser betreut fühlen. Damit sie das Gefühl haben, dass ihnen die Stadt Komfort bietet und Service. Falls mich wirklich einer anspricht, soll ich improvisieren. Entweder ich weiß was, oder ich soll mir was einfallen lassen. Na toll!

Da kommt ein älteres Ehepaar: »Junger Mann, wie kommen wir denn von hier zum Hauptbahnhof?«

»Welche Sprachen außer Deutsch beherrschen Sie noch?«, frage ich.

»Keine ... doch, Russisch geht noch ganz gut«, sagt der Mann stolz und die Frau nickt. Ossis wahrscheinlich.

»Es tut mir leid, ich spreche nur Spanisch und Englisch. Sie müssen eine deutsch- oder russischsprachige Information fragen.«

»Wollen Sie uns veralbern? Sie sprechen doch deutsch!«

»Nein, ich habe nur diese paar Sätze auswendig gelernt. Ich verstehe nicht mal, was sie bedeuten.«

»Und für so was haben die nun Geld! Komm Trudchen!«

»Ihr Schnürsenkel ist offen.«

»Oh, danke!«

»Keine Ursache!«

Na bitte geht doch. Das waren meine ersten Kunden. Irgendwie fühle ich mich auf einmal: nützlich.

POP

MTV ist scheiße. VIVA ist auch scheiße. Ich meine, okay, es gibt schon okaye Musikvideos, aber dann kannste die Musik vergessen. Und die wirklich coolen Songs, die haben immer Scheißvideos. Ist so. Ist bestimmt jedem schon mal aufgefallen, wenn er nicht völlig bekloppt ist. Darum machen wir grundsätzlich keine Videos. Also ich und meine Band.

Ich finde es immer wieder schwierig, zu erklären, dass ich in einer Pop-Band spiele. Das fängt bei der Frage an, warum wir keine Videos drehen, und geht bei der Frage weiter, welches Instrument ich spiele. Ich finde diese Einstellung so retro. Pop sollte doch modern sein, Grenzen überschreiten, die Kreativität beflügeln, auch und vor allem bei den Hörern, und Althergebrachtes hinwegfegen. Bei diesem Anspruch finde ich es eine Zumutung, gefragt zu werden, welches Instrument ich spiele. Oder ob wir auf Deutsch singen oder auf Englisch. Pop ist ein Kind der Globalisierung, deshalb ist Popmusik selbstverständlich englischsprachig. Andererseits muss Pop sich gleichzeitig, will er nicht beliebig sein, mit den Problemen der Gegenwart auseinandersetzen, und Waffe gegen die Globalisierung werden. Darum kommt Englisch seit den frühen Neunzigern für uns nicht mehr in Frage. Das stellte uns vor ein Dilemma, für das wir lange nach einer kreativen Lösung gesucht haben. Wir haben uns schließlich entschieden, gar nicht zu singen. Aus Marketinggründen arbeiten wir trotzdem mit unterschiedlichen Sängerinnen zusammen, die aber auf unseren Veröffentlichungen nicht zu hören sind.

Unsere Veröffentlichungen unterliegen einem raffinierten Konzept. Um nicht dem typischen Missverständnis von Fans Nahrung zu geben, dass die frühen Platten die besseren sind, werden wir unsere ersten Alben als letzte veröffentlichen.

Bisher gibt es zwei Platten von uns, aber uns ist bewusst, dass wir uns gerade heute damit in einem Spannungsfeld bewegen, nämlich zwischen massenhaften illegalen Downloads im Internet einerseits und den Allmachtsansprüchen der Musikindustrie andererseits. Deshalb haben wir bei unseren CDs bewusst auf einen Kopierschutz verzichtet. Außerdem haben wir bewusst darauf verzichtet, Musik auf die CDs zu pressen. Um genau zu sein, haben wir leere Hüllen verkauft, in die die Leute eigene CDs reinmachen können, wenn sie wollen. Und wenn sie wollen, können sie auch eigene Booklets malen, bei deren Gestaltung sie ihre Kreativität ausleben können. Wir haben auch darauf verzichtet, den Alben Namen zu geben, was wir konsequent finden. Wir haben sogar unseren Bandnamen verworfen. Auf den CD-Hüllen steht nichts drauf. Kritiker bezeichnen unsere beiden ersten Veröffentlichungen deshalb als belanglos, aber wir sehen uns sowieso eher als Live-Band.

Bei unseren Live-Auftritten versuchen wir ebenfalls, jeden Hype zu vermeiden, weshalb es keinen Vorverkauf gibt und wir die Konzerte auch nicht bewerben. Trotzdem sind die Konzerte immer voll, das liegt an der geschickten Wahl des Auftrittsortes. Ein bisschen vielleicht auch daran, dass es keinen Eintritt kostet, aber in erster Linie am Auftrittsort. Wir spielen in großen Elektronik-Märkten. Pop ist eben auch Kommerz, warum sollten wir das verleugnen? Dann können die Leute vom gesparten Eintrittsgeld unsere CDs kaufen, die es dort gibt, und die ja nicht teuer sind. Damit der Wiedererkennungseffekt größer ist, spielen wir bei unseren Auftritten genau wie auf den Alben keine Musik, auch, weil wir dann keine Instrumente schleppen müssen. Wir stehen da bloß rum, im Prinzip, weil wir uns ja nicht aufdrängen wollen. So ganz ohne Bühne und Scheinwerfer und so. Ich gehe auch meistens alleine hin, ohne die anderen Bandmitglieder. Ich habe die sowieso schon seit Jahren aus den Augen verloren. Weiß gar nicht, was die jetzt machen. Ich stehe jeden Tag in irgendwelchen Einkaufszentren und gebe mein Bestes. Es ist bloß Pop – aber es ist ehrlich.

Wie gesagt, ich finde es immer wieder schwierig, zu erklären, dass ich in einer Pop-Band spiele. Und dass ich davon nicht leben kann. Und Beihilfe zum Lebensunterhalt brauche. Die Schweine vom Amt wollen mir immer Stellen vermitteln oder Umschulungen. Dabei habe ich für so was gar keine Zeit. Ich bin doch Popstar.

PFAND

Jahreswechsel am Brandenburger Tor. Sekt und Jägermeister. Eine Million Menschen feiern ausgelassen. Ein junger Mann versucht die Aufmerksamkeit seiner Clique auf sich zu ziehen, indem er so tut, als würde er eine Bärenplastik von hinten begatten. Eine Bärenplastik aus Plaste, die auf der Straße unter den Linden herumsteht. Aber die Clique ist schon völlig abgestumpft. Er hat sowieso nie richtig dazugehört, und der Wodka ist alle. Einer jungen Frau fliegt eine Rakete ins Gesicht. Blaulicht und Sirenen. Feuerwerk und Böllerei. Taxifahrer machen das Geschäft des Jahres. Erst die Fußballweltmeisterschaft und nun auch noch Silvester. Danke, Große Koalition!

Auch Flaschensammler machen das Geschäft des Jahres. Mehrweg und Einweg. Überall leere Glas- und Plasteflaschen. Mal 8 Cent Pfand, mal 50. Und manchmal ist sogar noch etwas drin. Ein kostenloses kleines Zusatzvergnügen für die Männer – heute sind nur Männer unterwegs – in ihren Gore-Tex-Jacken, mit den teuren Wanderschuhen und diesen ganzen Outdoor-Klamotten. Flasche um Flasche wird verstaut in Rollkoffern, die sonst durch ICEs rumpeln oder Flughäfen. An einem kleinen Kiosk in der Nähe des S-Bahnhofs Friedrichstraße wird die Beute gierig versilbert. Manikürte Hände zählen Münzen in kalbslederne Portemonnaies.

Die üblichen gestrandeten Gestalten der Großstadt stehen wortkarg daneben und nippen am Bier. Bettler, Wohnungslose, Säufer. Früher haben sie die Flaschen eingesammelt. Noch letztes Silvester waren sie es, die hier an diesem Kiosk Pfand gegen Cent aufwiegen ließen. Noch zur Fußballweltmeisterschaft hatten sie das Geschäft des Jahres gemacht. Aber sie sind nicht mehr tüchtig genug, und andere haben es jetzt nötiger. Gerade dieses Silvester. Die Penner sind nicht einmal enttäuscht deswegen, sie haben schon genug hinter sich in ihrem Leben, das ist bloß ein weiterer Schritt auf dem Weg nach unten.

So wie für ihre Nachfolger. Manche werden sich bis zum nächsten Jahreswechsel saniert haben, andere werden dann genauso zerzaust aussehen wie die obdachlosen Trinker, denen sie gerade die Flaschensammelei aus den Händen genommen haben. Noch vor einem Jahr – ach was, noch zur Fußballweltmeisterschaft haben sie selber halbleere Flaschen stehen lassen. Männer aus dem Mittelstand. Etwas ist falsch gelaufen in ihrem Leben. So schnell kann's gehen.

Da ist Mario. Der übermüdete Mittdreißiger zeigt bei einer hastig gerauchten Davidoff sein Handy herum. Auf dem Display ist ein Foto zu erkennen, das Bild eines Neugeborenen, dem er, Mario, die Nabelschnur durchschneidet. Das war vor knapp zwei Stunden. Ein kleines bisschen zu früh fürs Elterngeld. Direkt von der Entbindungsstation der Charité – seine Tochter war nicht mal eine halbe Stunde alt – ist Mario losgezogen und hat begonnen, sich Leergut in die Taschen zu stecken.

Der erfolgreiche Anwalt und seine Frau Andrea, eine Architektin in einem großen Büro, hatten gehofft, gehofft auf das Jahr 2007, auf das Elterngeld. Ein Schritt in Richtung mehr Gerechtigkeit in Deutschland. Mit 1800 Euro Elterngeld könnten sie es sich leisten, beide jeweils ein paar Monate im Beruf zu pausieren und sich um das Kind zu kümmern. Und die Raten für die Eigentumswohnung in Berlin-Prenzlauer Berg würden sie trotzdem zahlen können, ohne ihre Eltern im Schwarzwald um Hilfe bitten zu müssen. Danke, Große Koalition! Aber das Kind ist eine Woche zu früh gekommen. Eigentlich bloß zwanzig Minuten.

Die anderen Flaschensammler nicken, alle teilen sie dieses Schicksal. Man klopft sich aufmunternd auf die Schulter. Solidarität ist für diese Männer kein leeres Wort. Sie haben ihr Leben lang Geld verdient, sie haben gespart oder gebaut, geerbt oder geheiratet. Nun sind sie, teilweise nur um Minuten, am wohlverdienten Lohn vorbeigeschleudert. Erziehungsgeld, wie bis 0 Uhr üblich, werden sie nicht beziehen, denn sie verdienen zu viel.

Was soll nun werden? Diese Frage beantworten sie pragmatisch. Zum Glück ist es mild. Noch einmal ziehen sie los, verstauen

Flaschen und Büchsen in ihren Rollkoffern, Mantel- und Laptoptaschen. Nicht zum letzten Mal in dieser Nacht. Am Kiosk kehrt für kurze Zeit Ruhe ein.

Die übrig gebliebenen Stadtstreicher stoßen an, auf das Wohl des Mittelstandes. Einer der Verwahrlosten überlegt laut: Hatte er nicht auch mal ein Kind? Hat er dem nicht eines der letzten Weihnachten 20 Mark geborgt? Diesem Arsch? Oder war das jemand anderes? Und wie viel hatte seine Alte damals bekommen? Erziehungsgeld, 300 Euro im Monat, für zwei Jahre. Heute wäre es nur halb so lange.

Die Kioskverkäuferin unterbricht seinen Gedankengang. Sie spendiert eine Runde aufs neue Jahr. Berlin feiert ausgelassen. Der junge Mann hat inzwischen vom Plastebären abgelassen und sucht stattdessen seine Clique. Feuerwerk und Böllerei. Blaulicht und Sirenen. Taxifahrer machen das Geschäft des Jahres. Erst die Fußballweltmeisterschaft und nun auch noch Silvester. Danke, Große Koalition!

MONOLOG EINES TIERPFLEGERS

Ich bin nicht mehr arbeitslos. Ich habe seit einiger Zeit einen Ein-Euro-Job. Eigentlich freue ich mich ja auch darüber. Ich arbeite sogar in meinem ursprünglichen Lehrberuf. Ich habe Tierpfleger gelernt. Ich wollte schon immer was mit Tieren arbeiten. Aber es war immer schwer, eine Anstellung zu finden. Ich bin oft umgezogen, habe sogar mehrmals die Stadt gewechselt. Wenn gar nichts ging, habe ich eben auf dem Bau gejobbt oder in der Fabrik, als Leiharbeiter. Aber jetzt habe ich ja eine Arbeit. Im Zoo. Endlich. Eigentlich freue ich mich. Aber so richtig glücklich bin ich nicht. Es ist nicht nur, weil es ein Ein-Euro-Job ist. Es ist auch – wie soll ich es erklären, ich weiß, für einen Tierpfleger klingt das komisch – es sind die Tiere. Außerdem ist es praktisch ein 24-Stunden-Job. Für mich gibt es eigentlich keinen Feierabend. Gut, dafür arbeite ich mit Tieren. So richtig glücklich bin ich trotzdem nicht, und das liegt eben genau an diesen Tieren. Ich weiß, ich bin ungerecht. Irgendjemand muss ja auch die ganzen langweiligen oder weniger beliebten Tiere hüten. Klar. Ich weiß, dass jede Art ihre Reize hat. Aber andererseits hat wohl auch jeder Tierpfleger so seine Präferenzen. Ich wollte immer am liebsten mit Pferden arbeiten. Also, mit Huftieren. Zebras, Esel, Mufflons und so. Aber auch Affen mochte ich immer besonders gerne, oder Kängurus. Papageien sind auch toll. Selbst für Fische kann ich mich begeistern. Als sie mich hier am Zoo genommen haben, auf Ein-Euro-Basis, hab ich gesagt, mir ist egal, welche Tiere, Hauptsache Arbeit. Man muss ja froh sein, wenn man überhaupt was findet.

Ich weiß nicht, warum sie gerade mich für die Läuse ausgewählt haben. Vielleicht wegen meiner Frisur. Ich beherberge einen ganzen Läusestaat. Viele wissen ja nicht, dass Läuse Staaten bildende Insekten sind. Mit Königin und Kriegern und Arbeitern und so. Hochinteressant eigentlich. Am Anfang fand ich das noch ganz witzig, dass ich Läuse habe, dass die aber Eigentum des Zoos sind. Meine Eltern haben mich allerdings nicht mehr eingeladen, Weihnachten, Ostern, zur Eröffnung von Omas Testament. Das hat schon ein bisschen wehgetan.

Ich find's auch ehrlich gesagt blöd, wie die Läuse vorgeführt werden. Ich sitze hinter einer Glasscheibe auf einem Stuhl oder auf dem Boden. Und wenn Zoobesucher vorbeikommen, dann harkt eine Trulla mit weißem Kittel in meinen Haaren rum. Sie hat so eine kleine Spezialkamera mit Makroobjektiv. Auf Monitoren kann man dann stark vergrößert die Läuse sehen. Die blöde Kuh erklärt den Leuten dann so Zeug über Läuse und so. Wir mögen uns nicht, die Kameratussi und ich. An wem bleibt denn die ganze eigentliche Arbeit hängen? Ich meine, das sind ja nicht irgendwelche Läuse. Das ist eine exotische Art, aus West-Papua. Ich muss mich sehr gewissenhaft ernähren, damit meine Hautschuppen auf dem Kopf, von denen die Läuse sich ernähren, die optimale Zusammensetzung an Nähr- und Mineralstoffen haben. Rohes Fleisch und angegorene Früchte zum Beispiel. Ich hab ja praktisch ständig Dünnschiss. Und die Ziege mit ihrem Kittel und ihrer Kamera ist voll der Star. Die Kinder wollen immer nur von ihr Autogramme. Der haben sie neulich den Lohn erhöht, und die hatte vorher schon mehr als ich.

Seit ein paar Wochen betreue ich auch noch die Flöhe, und zwar alle sechs Arten, die der Zoo hat. Ich will mich wirklich nicht vor der Arbeit drücken, aber ich denke, das ist einfach zu viel. Seit ich die habe, bin ich total unausgeglichen, bin ständig aufgekratzt und könnte bei jeder Kleinigkeit aus der Haut fahren. Ich versuche, das in den Griff zu kriegen, indem ich saufe. Ich gehe abends in eine Kneipe und gehe erst wieder weg, wenn ich so dicht bin, dass mich nichts mehr juckt. Das dürfte ich eigentlich gar nicht machen. Der Rauch in den Kneipen ist ja furchtbar gesundheitsschädlich für die Tiere. Es hauen auch jedes Mal welche ab. Mal ein paar Läuse, mal ein paar Flöhe. Mittlerweile ist mir das egal, die vermehren sich doch sowieso wie die Karnickel. Also, eine bedrohte Tierart ist keine von denen.

Wenn man jeden Abend ordentlich einen abbeißt, ist das Geld ja ruckzuck alle. Ich also, vorhin, heute Nachmittag, da rede ich mit dem Zoodirektor, mit dem Chef, und der stellt mir doch tatsächlich eine Lohnerhöhung in Aussicht. Ich weiß aber nicht, ob ich auf sein Angebot eingehen soll. Die Sache hat nämlich einen Haken – obwohl, Haken, so kann man das ja eigentlich nicht sagen, ich will mich ja nicht vor der Arbeit drücken, man muss ja froh sein, wenn man überhaupt welche hat, und irgendwer muss ja auch die, ich sag mal, unattraktiveren Tierarten betreuen – aber, also, die Sache ist so: Ich weiß nicht, ob ich annehmen soll. Da muss ich erst mal 'ne Nacht drüber schlafen. Ich meine, auf der einen Seite bin ich ja Tierpfleger. Ich wollte ja schon immer mit Tieren arbeiten. Andererseits mach ich schon Flöhe und Läuse und würde eben gerne, als Ausgleich sozusagen, gerne was mit Huftieren machen. Pferde am liebsten. Oder Papageien, von mir aus auch Fische. Aber der Chef möchte, dass ich ab nächstem Quartal auch noch die Bandwürmer übernehme. Wie gesagt, ich bin ja Tierpfleger mit Leib und Seele, aber mir gefällt die Idee nicht, dass mir die doofe Kuh mit dem weißen Kittel dann vor Schulklassen eine Kamera in den Darm schiebt. Also, ich muss wirklich noch mal gründlich drüber nachdenken, ob ich da mitmache.

Obwohl, ich glaube, ich mach's einfach. Gibt schließlich Geld dafür.

DER GESCHLECHTSSTEWARD

Holger, dem freundlichen Mittvierziger, sieht man nicht an, dass er einen völlig neuen Berufsstand aus der Taufe gehoben hat. So etwas gab es noch nirgends auf der Welt. Deutschland – ein Innovationsstandort. Holger ist Geschlechtssteward. Er sieht in seiner Arbeitskleidung ein bisschen aus wie ein Kellner, und so ähnlich arbeitet er ja auch.

»Wenn Sie in ein Restaurant gehen«, sagt er, »dann lassen Sie sich ja auch vom Servicepersonal beraten. Was können Sie empfehlen, wie ist der Fisch, was haben Sie Vegetarisches, welcher Wein passt dazu? Ich mache im Prinzip genau das Gleiche. Nur mit Sex. Ich berate Paare oder Gruppen bei erotischen Praktiken.«

Sind die Deutschen zu doof zum Vögeln? Holger wehrt sich gegen diese Frage: »Wenn Sie sich im Restaurant vom Sommelier einen bestimmten Riesling empfehlen lassen, käme auch niemand auf die Idee, zu sagen, Sie seien zu doof zum Trinken. Es ist völlig legitim, sich von Profis beraten zu lassen, um den Genuss an einer guten Sache zu steigern.«

Deshalb macht Holger Hausbesuche oder stellt sein Schlafzimmer zur Verfügung. Er gibt praktische Tipps, legt Platten mit passender Musik auf, reicht im richtigen Moment Kondome und Papiertücher. Ein Bordell betreibt er aber nicht: »Ich biete keinen Sex an, sondern den Service drumherum. Einen Partner müssen Sie schon selbst mitbringen.«

Obwohl auch das nicht sein muss: Masturbation ist ebenso in seinem Portfolio enthalten wie Gruppensex, Sodomie oder Sadomasochismus.

»Viele wollen ja auch bloß mal was Neues ausprobieren, die haben sich aber zum Beispiel noch gar keine Handschellen oder Qualitätspeitschen zugelegt. So was ist ja auch nicht billig.«

Die Idee zu diesem Beruf ist ihm in der Kneipe gekommen: »Da bin ich mit so 'nem Typen ins Gespräch gekommen. Es ging um Verhütung. Der war total gegen Kondome. Bei gutem Wetter zieht man doch keinen Regenmantel an, hat der gesagt. Ich war total schockiert, dass Sex für den bloß aus Reinstecken und Abspritzen bestand. Und das machte ihm mit Gummi keinen Spaß. Der war noch voll auf dem Stand der siebziger Jahre. Da war nichts mit feineren erotischen Methoden, nicht mal mit Mundverkehr und Handbetrieb.«

Dieses Erlebnis war eine Initialzündung. Holger beschloss, Dienstleister für Geschlechtsverkehr zu werden. Er hatte damals noch nicht das Fachwissen, über das er jetzt verfügt, aber ihm war klar, dass auf diesem Gebiet noch viel getan werden kann.

»Nach dem Krieg«, doziert er, »aß man rustikal und auch ein bisschen beschränkt. Wenn man dann mal auswärts essen ging, dann wollte man eben das, was man auch von zu Hause kannte. Braten mit Kartoffeln. Es hat Jahrzehnte gedauert, bis die Menschen auch mal mit Stäbchen essen wollten. Mittlerweile unterscheiden die Leute beim Wein mehr als nur rot und weiß, das war nicht immer so. Die Gesellschaft ist genussfreudiger geworden, hedonistischer. Und daran haben auch Fachleute ihren Anteil, Köche, Oberkellner, Dienstleister, Aufklärer. Die gleiche Entwicklung haben wir jetzt bei der Erotik. Da bin ich der Dienstleister, der Aufklärer.«

Alles, was Holger über Geschlechtsverkehr weiß, und das ist eine Menge, hat er sich autodidaktisch angeeignet. Das hat seine Zeit gebraucht. Mittlerweile gibt er sein Wissen weiter. Er bildet junge Menschen aus. Man kann eine Ausbildung als Geschlechtssteward machen, einen EU-weit anerkannten Abschluss – mit Zertifikat. Die erste Schülerin war übrigens seine eigene Frau.

Das Arbeitsamt schickt ihm vor allem nicht vermittelbare Fälle zur Umschulung. HTML- und Webdesigner, Menschen mit Migrationshintergrund oder Ältere ab fünfundvierzig. Bald werden sie in Deutschlands Schlafzimmern Paaren zur Seite stehen. Werden praktische Tipps geben, passende Musik auflegen und im richtigen Augenblick Kondome reichen. Darauf ist Holger stolz. Er war selber lange arbeitslos. Ein bisschen trauert er dieser Zeit aber hinterher: »Was ich damals an Zeit hatte … Davon kann ich heute nur träumen.« Sein Terminkalender ist voll. Urlaub gönnt er sich nicht. Noch nicht, sagt er. Selbstständigkeit, Selbstausbeutung, eine Erfolgsgeschichte wie so viele. Aber wenn er mal einen Tag frei hätte, was würde er dann tun? Holger weiß es natürlich: Vögeln – mit seiner Frau. Aber vorerst ist das nur ein Traum.

WAS ICH HEUTE MACHEN WÜRDE, WENN ICH NICHT SCHRIFTSTELLER GEWORDEN WÄRE – TEIL 4: SCHWARZER MANN

Verdammt, mir juckt der Bart. Aber ich durfte mich ja nicht rasieren. Wie sähe das denn aus, Kinderschreck mit angeklebtem Bart. Also hieß es: Immer wacker wachsen lassen und schwarz färben. Da besteht die Agentur drauf, schwarz färben. Man soll ja nicht aussehen wie der Weihnachtsmann. Obwohl sich der Kinderschreck historisch aus dem Weihnachtsmann entwickelt hat. Als der Rollback kam, die große Wende, die Renaissance der konservativen Werte und Tugenden, das endgültige Ende der 68er, als Disziplin wieder groß geschrieben wurde und man feststellte, dass die Kinder nicht oder nicht mehr autoritätshörig waren, da begann der Weihnachtsmann immer häufiger, die Rute einzusetzen. Studentische Weihnachtsmänner bekamen immer öfter den Auftrag, unartige Kinder unterm Weihnachtsbaum zu bestrafen. Oder sie steckten die Kinder in den Sack und nahmen sie mit ins Heim. Die Boulevardpresse jubelte. Endlich wurde hart durchgegriffen. Und das immer häufiger nicht nur anlässlich des Festes der Liebe. Aus studentischen Weihnachtsmännern wurden professionelle Schwarze Männer. Warum eigentlich nicht, ich wusste sowieso schon längst nicht mehr, warum ich Kulturwissenschaften zu Ende studieren sollte.

Also wurde ich Schwarzer Mann. Meist buchten mich Kindergärten. Aber ich arbeitete auch individuell, betreute Einzelfälle – und beileibe nicht nur kleine Kinder. Wenn ich an der Bettkante hockte, in dem Augenblick, wo eine Dreizehnjährige aus dem Saufkoma erwachte, dann saß das, das kann ich Ihnen aber sagen. Und die renitentesten Messerstecher von Neukölln und Wedding waren auf einmal lammfromm, wenn »kara alman«

vor der Schule patrouillierte. Seit dem Beitritt zur EU schickt die Türkei ihre minderjährigen Intensivtäter zur Erziehung nach Berlin.

Sogar in meiner Freizeit war ich pädagogisch wertvoll, wenn ich einkaufen ging zum Beispiel.

»Der Schwarze Mann, Mama, der Schwarze Mann!«

»Ja und wenn du nicht artig bist, dann nimmt er dich mit.«

Dafür, dass ich praktisch immer im Dienst war, wurde ich ganz schön schlecht bezahlt, finde ich. Aber ich konnte nichts machen. Als ich mal bei der Agentur wegen einer Lohnerhöhung nachgefragt habe, haben sie mir sogar noch gedroht, mich zur Zahnfee umzuschulen.

Ich gebe zu, in diesem Job lernt man vorwiegend die Schattenseiten des Lebens und der Gesellschaft kennen. Aber andererseits wollte ich sowieso schon immer mit Menschen arbeiten, und wenn man eine Abneigung gegen Kinder hat, dann ist Schwarzer Mann nicht der schlechteste Job, den man machen kann. Auf alle Fälle besser als der Pionierleiterjob damals im Osten. Abgesehen davon, dass der Bart juckt.

Ich weiß gar nicht, wann ich das letzte Mal Tanzen war. Menschen kennenzulernen, ist für mich nicht leicht. Also, ich meine auch Frauen. Wenn man so aussieht, wie ich berufsbedingt aussehen muss, dann lernt man nur selten Frauen kennen. Und wenn, dann aber was für welche. Also meine aktuelle Freundin, die arbeitet auch mit Kindern, die ist Hexe. Die sieht natürlich auch so aus. Aber das ist nicht das Schlimme. Es kommt ja auch nicht aufs Äußere an, sondern auf die inneren Werte. Und das ist das Schlimme bei dieser Hexe. Aber irgendwie habe ich das Gefühl, mich nicht beschweren zu dürfen. Ich meine, ich bin auch nicht gerade eine Lichtgestalt. Und eigentlich kann ich die ganz gut leiden, meine Hexe.

Nun ist die aber, wir haben da nicht richtig aufgepasst, ist die also schwanger geworden. Abtreiben geht ja nicht mehr, seit der konservativen Wende ist das verboten. Haben wir uns also entschieden, das Kind zu bekommen. Wird schon ein kleines Monster werden. Meines Wissens wäre ich dann der erste Schwarze Mann mit eigenem Kind. Sie können sich vorstellen, dass ich mich frage, wie ich Familie und Beruf miteinander vereinbaren soll.

Also habe ich mich eben vor Ihrem Laden spontan entschlossen, den Beruf an den Nagel zu hängen. Den endgültigen Ausschlag gegeben – haha, Ausschlag gegeben – hat die Tatsache, dass dieser Scheißbart so juckt. Also Meister, seien Sie so gut, nehmen Sie ihn ab. Sollen die in der Scheißagentur doch sehen, wer ihnen den Scheißjob macht für das Scheißgeld. Einmal glattrasieren bitte, ich will, dass sich das nachher anfühlt wie ein Babypopo. Ach, und wo Sie schon mal dabei sind, Meister, machen Sie was Modisches mit meinen Haaren. Dauerwelle von mir aus. Meine Alte, wissen Sie, die ist gerade zur Kosmetik, wenn ich die dann nachher vielleicht gar nicht wiedererkenne, dann soll die mich auch nicht wiedererkennen.

MEIN GEHIRNZIMMER

Alt bin ich geworden. Ich habe Essensreste zwischen den Zähnen, die ältesten davon seit der Jugendweihe. Und es werden immer mehr. Jeden Tag kommen neue hinzu. Entweder werden die Fasern, aus denen sie in den Fabriken das Essen herstellen, immer kleiner oder die Lücken zwischen meinen Zähnen werden immer breiter. Wachsen meine Kiefer etwa? Wer weiß, möglicherweise dehnt sich mein Kopf aus. Ich fühle so eine Leere in mir, in meinem Kopf, die könnte daher kommen. Komischer Gedanke, aber immer noch besser, wenn mein Schädel sich ausdehnt, als wenn mein Gehirn schrumpft. Warum sollte mein Gehirn auch schrumpfen? Durch Abnutzung? Aber ich benutze es ja kaum. Ich nehme auch keine Drogen. Ich masturbiere nicht mal. Früher, als Schüler in der Polytechnischen Oberschule, haben wir ja gedacht, dass das Zeug, was den Körper bei der Selbstbefriedigung verlässt, Gehirnzellen sind, die bei Bedarf durch die Samenleiter nach unten wandern und im Hoden zwischengelagert werden. Mirko aus dem vierten Stock hat diese Theorie eingebracht. Also damals, als ich vierzehn war, da muss mein Gehirn richtig geschrumpft sein, so viel Gehirnmasse habe ich damals untenrum rausgeblasen. Das war ja so eine Art Hobby bei mir seinerzeit. Und wir hatten damals nur unsere Phantasie. Heute machen das ja alle mit dem Computer, mit dem Internet und gucken da so Sexfilme. Wenn man heute in eine Eisenbahn einsteigt, dann sitzt da jeder zweite mit einem Laptop. Dass die sich nicht schämen! In aller Öffentlichkeit. Ich habe damals noch das Licht ausgemacht, beim Onanieren. Meinen Eltern sagte ich, dass ich lerne. Da war nix mit öffentlich. Ich wusste dann manchmal gar nicht, wohin die Reise für die Nervenzellen geht, die ich da im Dunkeln verschossen habe. Bamm! Bamm! Peng! So ging das. Oft traf ich die Wand neben meinem Jugendbett. Die Flecken gingen gar nicht ab von der Raufasertapete. Da musste ich dann Bravo-Poster drüberhängen, über die Flecken, mit solchen Popgruppen drauf, wie sie im Rias liefen. Ich habe immer die billigsten Poster genommen, die, die sonst niemand haben wollte. Bravo-Poster wurden auf dem Schulhof verkauft, von Schülern mit West-Omas, und manche waren sehr begehrt und entsprechend teuer. Mein Banknachbar ging in den Ferien arbeiten, um sich das ganze Zimmer mit Hunderten von AC/DC-Bildern tapezieren zu können. Ich bewunderte ihn, der hatte augenscheinlich noch viel mehr Gehirnzellen als ich. Ich ging nicht arbeiten für meine Poster, ich nahm die billigsten, die, die man ohne Geld bekam. Belinda Carlisle zum Beispiel, Jermaine Jackson oder Bonnie Tyler. Dafür musste ich bloß der fiesen Gabriele die Hausaufgaben machen. Ich musste sie nicht mal besonders gut machen, die Aufgaben. Hauptsache, sie hatte welche, die Ergebnisse durften ruhig falsch sein. Ihr war es recht, wenn sie sitzen blieb, denn so war sie die älteste und körperlich stärkste in ihrer jeweiligen Klasse, was sie weidlich ausnutzte. Sie war ungefähr zwei Jahrzehnte in der Mittelstufe und schon so etwas wie ein Maskottchen der Schule. Obwohl, ich weiß gar nicht, ob Maskottchen das richtige Wort ist, denn vor den meisten Maskottchen rennen die Kinder ja nicht schreiend davon? Egal. Irgendwann wurde sie der Einfachheit halber als Sportlehrerin eingestellt. Von da an verkaufte sie ihre Bravo-Fotos im Lehrerzimmer an die Kollegen, nehme ich an. Auf dem Schulhof sah man sie jedenfalls nicht mehr.

Ich aber hatte mir rechtzeitig einen Vorrat zugelegt. Ich konnte noch viele Flecken an der Wand verstecken. Aber es ging ja nicht alles an die Tapete. Unmassen an Hirnzellen landeten im Laken, in der Bettdecke, auf dem Teppich, hinter der Schrankwand. Überall waren meine Nervenzellen verteilt. Sie traten in Kontakt zueinander, bildeten neuronale Netze, fingen an, ein Bewusstsein zu entwickeln, begannen zu denken. Ich bewohnte einen Bio-Computer. Mein Jugendzimmer hatte einen höheren IQ als ich. Wenn ich gewusst hätte wie, hätte ich mein Zimmer bei der Messe der Meister von Morgen ausstellen können. Schlüsseltechnologie. Die DDR mal wieder an der Weltspitze. Der Star auf der Leipziger Messe wär ich gewesen. Menschen aus den sozialistischen Bruderländern und von allen Kontinenten hätten Bio-Computer aus der DDR bestellt. Sogar die NASA hätte mich gebeten, ihnen einen Rechner zu spritzen. Es hätte sicher Wartezeiten gegeben, wie beim Trabant. Und noch heute wären einige Exemplare in Kuba und Nordkorea in Betrieb. Ich wäre das heimliche Vorbild für Bill Gates und Steve Jobs. Aber alles kam ganz anders. Alles kam anders, aber das ist schon wieder eine neue Geschichte, die erzähle ich ein anderes Mal. Heute ist der alte Plattenbau, samt meinen Gehirnzimmer darin, abgerissen. Ich bin alt geworden, befriedige mich nicht mehr selbst, und jemand anderes tut es auch nicht. Dafür habe ich Essensreste zwischen den Zähnen. Ich habe keinen Grund zu meckern.

WIE ICH MIR EIN FUSSBALLSPIEL VORSTELLE

Liebe Zuschauerinnen und Zuschauer! Ohrenbetäubender Jubel erfüllt das Stadionrund hier in ... Österreich ... nur wenige Fußballfans haben es sich nehmen lassen, heute nicht hier zu sein, und so füllen ungefähr fünfzig Menschen aus aller Herren Länder die Ränge. Fast alle schwenken Fahnen mit dem Hakenkreuz, diesem buddhistischen Glückssymbol, denn heute spielt Deutschland, und die Mannschaft ist ja bekanntlich, die Presse war voll davon, geschlossen zum Buddhismus konvertiert. Noch läuft das Vorprogramm, denn der Spielbeginn hat sich um einige Minuten verzögert, und wir sehen einen Jongleur mit zwei Bällen. Der junge Mann ist eigentlich Betriebswirtschaftsstudent aus dem Schwabenländle, hat aber während seines Hochschulstudiums in Berlin einige hippieske Verhaltensweisen entwickelt. Vom deutschen Mannschaftstrainer wurde er schließlich im Mauerpark entdeckt und fürs Vorprogramm der EM engagiert, zusammen mit einer Trommelgruppe, der es nicht gelingt, die Fangesänge zu übertönen, zum Glück, muss man sagen, zum Glück. Jetzt aber ertönen Fanfarenstöße vom Band, ja, es ist eindeutig ein Band, denn es leiert, das kann man ganz deutlich hören, liebe Zuschauerinnen und Zuschauer an den Geräten zu Hause, vielleicht können auch Sie es hören, und jetzt wird der Schiedsrichter hereingetragen. Getragen übrigens traditionell von in bunte Kuhfelle gehüllten Gymnasiastinnen, die in diesem Jahr ihre Matura, so sagt man hier, zu bestehen haben und die für dieses Engagement eine halbe Note gutgeschrieben bekommen. Sehen Sie nur diese prächtige Sänfte. Sie ist mit den Füßen sämtlicher Spieler geschmückt, denen dieser Unparteiische mit seinem schwarzen Turban jemals einen Platzverweis hat erteilen müssen. Jetzt erhebt sich der alte Mann, stützt sich auf seinen Stock, und der Lärm verstummt augenblicklich, der lange, weiße Bart des ganz in Schwarz gekleideten Mannes weht eindrucksvoll im Wind. Normalerweise ist es in Österreich so gut wie immer windstill, aber angesichts der sommerlichen Hitze wird während der EM künstlich Wind erzeugt. Übrigens von Studenten, die dieses Jahr ihre Examina zu bestehen haben und die für dieses Engagement fünf Noten gutgeschrieben bekommen. Sie werden mit einer speziellen Krautdiät zur Winderzeugung gefüttert, was bekanntlich ob der erheblichen Mengen des Treibhausgases Methan, das auf diese Weise freigesetzt wird, zu einem Boykottaufruf namhafter Klimaschützer geführt hat, dem ja auch die meisten Fernsehstationen und die meisten Sponsoren Folge geleistet haben. Der Schiedsrichter zückt einen Krummdolch und opfert, so will es das uralte Ritual, einen nagelneuen Lederball, der in diesem Jahr vom Jobcenter Pankow gestiftet werden konnte, indem es die Akte meiner Freundin verschlampte und so die Auszahlung von Alg II an sie hinauszögerte. Und wieder hören wir diese leiernden Fanfaren vom Band, liebe Zuschauerinnen und Zuschauer, und jetzt betreten die Mannschaften den Rasen. Jubel auf den Rängen setzt ein. Links die deutsche Mannschaft, bestehend aus dem Trainer, dem Mannschaftsarzt, dem Geschäftsführer, Vertretern des Springer Verlages und dem Mannschaftskapitän Dieter Bohlen. Rechts die Italiener, auch hier sehe ich den Trainer und in seinem Gefolge ein gutes Dutzend Köche, allein vier Espressoköche zähle ich, meine Damen und Herren, etliche Mundschenke, Masseusen und zahlreiche Models. Der Kapitän heißt Bud Spencer. Ein Mann den die deutschen Spieler, das kann man, glaube ich, jetzt schon sagen, noch zu fürchten haben werden. Wer für Deutschland spielen wird, das entscheidet sich in den nächsten Minuten. Der Schiedsrichter hat das Zeichen gegeben, und jetzt laufen Dieter Bohlen und Bud Spencer in Tiptopschritten aufeinander zu. Dieter Bohlen versucht noch zu tricksen, setzt zweimal einen Fuß quer, aber Bud Spencer behält am Ende seinen Fuß oben und darf als Erster wählen. Kein wirklicher Vorteil übrigens, wie wir jetzt sehen, wo die Spieler auf den Rasen gelaufen kommen. Es handelt sich um Sonderschüler, die hoffen, für ihr Engagement in diesem Jahr in eine Besenbinderei aufgenommen zu werden. Bud Spencer verzichtet auf das im Tiptopduell errungene Vorrecht, den ersten Spieler für seine Mannschaft wählen zu dürfen. Dieter Bohlen ebenfalls. Erst als der Schiedsrichter beiden droht, beginnen die zwei Kontrahenten widerwillig ihre Mannschaften zusammenzustellen. Und so füllen sich die Reihen der Spieler. Wir sehen freudestrahlende Gesichter bei denen, die in die italienische Mannschaft gewählt werden. Sie erhalten jeder eine Kopfnuss von Bud Spencer und werden anschließend mit einem Espresso wieder auf die Beine gebracht. Lange Gesichter hingegen bei denen, die in die deutsche Mannschaft gewählt werden. Dieter Bohlen begrüßt jeden mit dem gleichen Satz: »Ich will von dir Leistung sehen, du Schwuchtel!« Jetzt sind die Mannschaften voll, Pech für ein Häufchen Zurückgebliebener. Ihr Traum vom Besenbinden hat sich zerschlagen. Wahrscheinlich bleibt ihnen nur die Aufnahme eines Hochschulstudiums und die Übersiedlung nach Berlin-Prenzlauer Berg. Das Spiel kann beginnen. Der Schiedsrichter pfeift an. Meine Damen und Herren zu Hause an den Geräten, damit ist der interessante Teil, der halbwegs interessante Teil, dieses Matches vorbei, auch der Schiedsrichter ist eingeschlafen, und wir schalten um …

VORSICHT VOR DEM HUNDE!

Ich mache jetzt alles selber. Ich schaffe den Hund ab. Ich sehe das nicht mehr ein, dass ich den durchfüttere. Das mache ich jetzt alles selber, was der bisher gemacht hat. Das kann ich auch. Sabbern, wenn eine Frau vorbeiläuft, das kann ich auch. Oder vorm Schaufenster vom Fleischer. Sabbern ist einfach. Das ist was für Anfänger.

Andere Sachen, die hebe ich mir fürs Fortgeschrittenen-Stadium auf. Anderen Hunden am Popo rumschnuppern zum Beispiel. Angefangen habe ich, noch vor dem Sabbern, mit Bellen. So viele Hunde haben gelernt, Kommandos in unserer Sprache zu verstehen, da ist es nur fair, wenn mal einer von uns versucht, ihre Sprache zu erlernen. Also ich jetze. Wenn das nicht klappen würde, das hieße ja, dass Hunde intelligenter wären als Menschen, weil es etwas gibt, das sie lernen können, wir aber umgekehrt nicht. Keine Ahnung, ob das jetzt so ein positives Licht aufs Menschengeschlecht wirft, dass ausgerechnet ich dessen diplomatischer Vertreter bin. Ich habe schon viele Hunde angebellt auf der Straße. Wirklich sehr viele. Aber nie haben sie mich verstanden. Obwohl es das Erste war, womit ich begann, muss ich selbstkritisch anmerken: Die Sprache der Hunde verstehe ich noch immer nicht.

Dafür kann ich jede Menge Kunststücke. Ich kann Männchen machen, Pfötchen geben und Stöckchen holen. Und ich kann sogar Stöckchen werfen. Welcher Hund kann das schon?

Ich kann mir vierstellige PINs merken. Ich könnte mir sogar fünfstellige PINs merken, aber ich will nicht angeben. Ob ich mir eine sechsstellige PIN merken könnte – da bin ich mir nicht so sicher. Wüsste jetzt aber auch nicht, wozu das gut sein sollte. Heutzutage verlangt man Dinge von den Hunden, das ist schon verrückt.

Völlig neu ist das für mich nicht, das zu machen, was der Hund macht, denn ich habe vor längerer Zeit schon mal etwas Ähnliches gemacht. Ich machte alles, was die Katze getan hat, früher, als sie noch lebte. Ich lag rum und döste den halben Tag. Dann ging ich auf Toilette und lege mich wieder hin. Zwischendurch zählte ich meine Mäuse.

Jetzt also Hund. Vielleicht habe ich ja einen evolutionären Schritt gemacht, von der Katze zum Hund. Mal sehen, was als Nächstes kommt. Fliegen, so wie ein Fliegender Hund? Oder schwimmen, wie ein Seehund? Obwohl, sollte Hund wirklich die Weiterentwicklung von Katze sein? Also, die Sache mit der Toilettenbenutzung, das hat die Katze besser raus. Und ich will mich ja weiterentwickeln, eigentlich. Obwohl, nö, Quatsch, ich will mich überhaupt nicht weiterentwickeln. Ich will einfach bloß keine Viecher mehr durchfüttern. Darum mach ich jetzt alleine, was die vorher gemacht haben.

Ich glaube, wo ich schon mal dabei bin, mache ich auch noch das, was die Pflanzen bisher getan haben. Brauche ich die nicht mehr gießen, trinke ich das alles selber. Hocke ich den ganzen Tag auf dem Fensterbrett. Und welke dahin.

Jetzt brauche ich bloß noch jemanden, der das erledigt, wozu ich nicht mehr die Zeit finde, also jemanden, der es übernimmt, das zu tun, was ich bisher gemacht habe. Das ist ja nicht viel. Interessenten melden sich bitte mit Foto. Ich will ja nicht von jemandem vertreten werden, der die hohen visuellen Standards unterläuft, die ich gesetzt habe. Und bitte nur ernstgemeinte Zuschriften. Sonst lasse ich den Hund los. Und das möchte ich eigentlich nicht. Denn der Hund bin ich. Und ich bin eigentlich viel zu bequem.

WAS ICH HEUTE MACHEN WÜRDE, WENN ICH NICHT SCHRIFTSTELLER GEWORDEN WÄRE – TEIL 5: SICHERHEIT

Ich bin Spezialagent. Meine Codenummer ist 1754450225. Ich komme viel rum in der Welt. Jetzt denken Sie bloß nicht, das sei wie im Film. Ist es nämlich nicht. Im Film sind die Farben besser, im Film ist die Musik besser und die Ladys sehen schärfer aus. Ich arbeite ja mit vollem Einsatz, auch körperlich. Wenn ich so zurückdenke, was ich schon alles vor der Flinte hatte, da ist so 'ne Burka manchmal echt nicht die schlechteste Erfindung. Das würden die feministisch geprägten Teile der Regierungskoalition sicher nicht gerne hören, aber das werden sie auch nicht. Ich bin bloß dem Chef Rechenschaft schuldig. Dem Schäuble Wolfgang. Der Wolf, wie wir ihn nennen.

Gerade hat er mir einen neuen Auftrag gegeben. Gezielte Tötung von Terroristen. Der Wolf hat mir in seinem Büro in Alt-Moabit persönlich eine Waffe übergeben. Das war ein berührender Moment. Sie sieht unglaublich aus, diese Knarre. Fast wie eine dieser Trompeten, die man sich zur Dekoration an den Weihnachtsbaum hängt. Er hat sie selbst getöpfert, in der Behindertenwerkstatt, in die er jeden Nachmittag zur Reha fährt. »Die kann kein Metalldetektor aufspüren«, hat er gesagt und mich dabei kumpelhaft geknufft, »Spezialkeramik.« Ich werde den Teufel tun, das Ding zu benutzen. Das fliegt wahrscheinlich beim ersten Schuss in tausend Teile. Aber es ist lieb gemeint. Ich weiß solche persönlichen Gesten zu schätzen. Markus Wolf hat mir damals immer einen Kuchen gebacken. Das war auch lieb gemeint. Ich habe im Laufe der Jahre in meiner Datsche aus den ganzen trockenen Kuchen einen Kamin gemauert. Schäubles Pistole hänge ich im Advent wahrscheinlich wirklich an den Baum, wegen der Kinder.

Gezielte Tötung von Terroristen. Für mich ist das einfach ein Job wie jeder andere. Das heißt, ich mache erst mal Mittag. Ich mach mich doch nicht tot, bloß damit der Chef einen guten Eindruck kriegt. Das war noch nie mein Stil. Schon früher nicht. Ich denke ja, dass ich den Job bekommen habe, weil ich früher schon so gearbeitet habe, dass man mit mir zufrieden sein konnte. Ich wurde ja im Westen eingesetzt und habe da das Leben von Abtrünnigen zerstört. Aber das haben wir damals viel subtiler gemacht. Gezielte Tötung, nee, das wäre damals undenkbar gewesen. Wir haben die Republikflüchtlinge, wenn wir sie irgendwo in einem Winkel Westdeutschlands aufgestöbert hatten, nicht mal angefasst, wir haben sie unglücklich gemacht. Unsere Genossen saßen in jedem Arbeitsamt. Die haben dafür gesorgt, dass die Ex-Ostler Stellen bekamen. Von wegen Arbeitslosengeld: Malochen mussten die und wussten nicht mal warum, während um sie herum die Arbeitslosenzahlen anstiegen. Denen, die im Osten geblieben waren, haben wir ja dann zur Belohnung nach der Vereinigung erst mal eine Schaukelpartie in der sozialen Hängematte spendiert.

Oh, ich bin mit den Gedanken abgeschwiffen. Wo mache ich denn nun Mittag? Das große Kaufhaus am Alex, da ist doch bestimmt immer noch ein Restaurant im obersten Stock. Da hab ich auch früher immer gern gegessen. Ist mal was anderes als immer nur Fastfood. – Ach du Kacke, das ist ja voll hier. Was ist denn das für ein Trubel? Scheiße, da bin ich voll ins Weihnachtsgeschäft reingeraten. Kommt auch immer früher, wir haben schließlich gerade mal August. Na macht nichts, hole ich mir erstmal einen Glühwein. Überall Tannengrün, bunte Lichter und Pfefferkuchen. Und dazu diese Musik, »Jingle bells« in einer Rummelraveversion, das meine ich, wenn ich sage, die Musik ist in Agentenfilmen besser. Ich hole mir mal noch einen Glühwein. Die Rentiere sind alle verkleidete Kaufhausdetektive. So was sehe ich sofort. Kinder stehen Schlange, um rauschebärtigen Nikoläusen ihre Wunschzettel zu diktieren: »Ich wünsche mir ein Playmobil-Bordell!« »Eine Burka für meine Barbie!« »Eine neue Schultasche mit Zeitzünder!« »Ich will ein Lego-KZ!« Aber was ist das? Dieser Typ da, der mit dem langen Bart. Der im roten Cape, der einen auf Weihnachtsmann macht? Der sieht ja nun echt aus wie Bin Laden.

Wenn ich jetzt einen Alarm auslöse, würden das alle für einen Witz halten: Spezialagent auf der Suche nach Bin Laden löst Alarm aus wegen Weihnachtsmann. Aber wozu Alarm? Ich bin ja eingesetzt zur gezielten Tötung. Aber ich habe nur diese ulkige vom Schäuble getöpferte Schusswaffe bei mir. Das Ding hat vorne einen Trichter, so viel zum Thema gezielte Tötung. Andererseits bin ich nur dem Wolf persönlich Rechenschaft schuldig. Dem Markus – äh, ich meine dem Schäuble. Ich hol mir erst mal noch einen Glühwein.

Okay, ich werde da jetzt reinballern. Tut mir leid, dicker kleiner hässlicher Junge, der du gerade auf dem Schoß des Weihnachtsmannes sitzt, aber es ist Osamas Schoß. Du wirst den Ego-Shooter, den du dir gerade wünschst, leider nie durchspielen, nicht mal Level 1, und es gibt auch kein neues Leben. Aber es muss sein, wegen der Sicherheit. Nein – nein, ich bring's einfach nicht fertig.

Was ist denn mit mir los? Ich bin doch Profi. Wenn das der Wolf erfährt. Das muss an dieser Weihnachtsatmosphäre liegen. Die macht mich völlig weich. Da beschneiden wir erst die bürgerlichen Freiheiten, und dann machen uns ausgerechnet die Kapitalisten einen Strich durch die Rechnung und starten im August den Weihnachtsverkauf. In der DDR hätte es das nicht gegeben. Aber ich kann da nicht einfach reinfeuern. Obwohl: Dieser dicke Junge da, der gerade auf Bin Ladens Schoß sitzt, der hat keine Freunde, der wird gehänselt, und so wie der aussieht, wird sich das auch nicht ändern, wenn er mal groß ist. Der hätte so viele Jahre voller Demütigungen vor sich … Trotzdem: Den kann ich nicht einfach umbringen.

Mir ist ganz übel, wahrscheinlich vom Glühwein. Ich muss raus an die frische Luft. Und etwas essen. Nur ein paar Schritte entfernt verkauft ein Mann Bratwürste von einem tragbaren Grill. Er sitzt in einem Rollstuhl. Ich bestelle eine Wurst. »Na, heute schon was Verdächtiges bemerkt?«, fragt der Verkäufer. Ich erschrecke. Fast hätte ich ihn nicht erkannt. Es ist mein Chef, der Wolf. Was weiß er?

»Bleiben Sie professionell«, ermahnt er mich leise, »wir kennen uns nicht.« Und laut: »Hier einmal mit Senf und Ketchup!«

»Was kostet mich das?«, frage ich.

»Essen Sie diese Wurst! Essen Sie alles auf! Wir brauchen Sie nicht mehr.«

Das also ist das Ende. Dass es so kommen würde. Weil ich versagt habe. Der Wolf reicht mir noch eine Serviette. Ich weiß diese Geste zu schätzen. Aber die Serviette fällt herunter. Ich bücke mich gerade nach ihr, als es kracht. Glassplitter fliegen mir um die Ohren und eine Flammenwand rollt aus dem Erdgeschoss des Warenhauses…

Demnächst in Ihrem Kino!

ONE WAY TICKET

»Hallo … hallo Schatz.« Er hält sich das Taschentelefon an den Kopf, das eben in seiner Jackeninnentasche die Refraintakte des Eruption-Schlagers *One way ticket* gedüdelüdelüdelt hat.

»Ja Schatz, ich sitze im Bus.« Er sitzt im Bus und hält sich das Funktelefon an den Kopf und spricht mit Schatz. Schatz hat angerufen. Aus einem anderen Bus vielleicht. Wer weiß? Er sieht aus dem Fenster, auf die Bordsteinkante, wie sie vorbeigleitet, mal näher dran, mal weiter weg.

»Mach ich, Schatz … na klar … ja, ich denk dran … ja, gut, bis später.« Schneeregen hat eingesetzt und die Dämmerung. In den Tropfen auf der Scheibe glänzen Ampellichter.

One way ticket. One way ticket.

»Hallo … Hallo Schatz. Noch mal zum Supermarkt? Klar, kein Problem. Liegt ja am Weg … hmmm …« Er sitzt im Bus und hält sich das Telefon ans Ohr, das drahtlose, das Mobiltelefon. Ein Ausdruck von Individualität und Freiheit, wie die Werbung verspricht. Er redet mit Schatz.

»Sonst noch was Schatz …? Was wünscht sich der Kleine …? Ja, mach ich …« Windböen, aus Ost nach Nordost drehend, zerren an den kahlen Ästen hinter dem Busfenster.

»Ach, das kann ich doch am Wochenende machen … nee, nee, da brauchst du keinen kommen lassen. Ich mach das schon … ja, am Wochenende …« Er lächelt. Er lächelt sein Spiegelbild an, in der Scheibe.

»Außerdem kann deine Mutter doch über Nacht bleiben, hab ich mir überlegt. Dann können wir morgen …« Er grinst. Sein Spiegelbild in der Scheibe. Er fletscht die Zähne. Er reißt die Augen auf, streckt die Zunge raus und wackelt mit dem Kopf. Sein Spiegelbild, das immer deutlicher wird, je dunkler es draußen ist.

»Genau. Und der Kleine würde sich auch freuen ... ja ... ja, du ich bin gleich da ... ja ... ja ich dich auch ...« Er steckt das Handy in die Jackeninnentasche. Er spiegelt sich im Fenster. Draußen ist es jetzt ganz schwarz. Das spritzende Geräusch, nasser Gummi, nasser Asphalt. In den Lichtkegeln der Peitschenmastlaternen sieht man es rieseln. Stau auf einer großen Kreuzung. Ein Auffahrunfall. Blechschaden. Aquaplaning. Sagt heute noch jemand Aquaplaning? Oder ist das so ein ehemaliges Modewort, das das 80er-Jahre-Revival nicht mitgemacht hat?

One way ticket. One way ticket.

»Hallo ... hallo Schatz! Ich bin jetzt im Supermarkt ...« Er sitzt im Bus. Er spricht mit Schatz. Er hält sich ein tragbares Telefon, ein kabelloses, an den Kopf.

»Ja Schatz, Frühstücksflocken ... ach Glühlampen – gut, dass du mich dran erinnerst. Hätt' ich fast vergessen ... ja ... ja ... wenn ich dich nicht hätte ...« Die Bustüren schwingen pfeifend auf. Köfferchen in der einen Hand, Telefon in der anderen, Sporttasche auf der Schulter. Er beeilt sich, unter das Vordach zu kommen. Schneeregen, aber nichts, weswegen man sich Sorgen machen müsste. Eine Glastür gleitet beiseite. Durchsagen und Anzeigetafeln. Schalterhalle. Heißt das hier Schalterhalle? Oder bloß bei Bahnhöfen?

»Sehr gut, Schatz ... doch, das mag ich ... ich mag doch alles, was du kochst. Doch doch, fang schon mal an. Ich bin gleich zu Hause ... na ja, geht so ... bin gleich an der Kasse ... nee, die Schlange ist nicht besonders lang ... du, ich bin gleich dran ... ja. Tschüssi ...« Er wirft die Sporttasche auf ein Band. Eine Angestellte der Fluggesellschaft wünscht ihm einen guten Abend. Professionelle Herzlichkeit.

»Oh«, sagt sie, »ein One-Way-Ticket.«

»Ja«, sagt er, und bevor er zur Sicherheitskontrolle geht, sucht er nach einem Abfallbehälter. Findet ihn und wirft sein tragbares drahtloses Taschenfunkmobilhandytelefon hinein.

Dann geht er zur Sicherheitskontrolle.

ICH WAR NOCH NIEMALS IN NEW YORK

»Ich war noch niemals in New York, ich war noch niemals auf Hawaii,
ging nie durch San Francisco in zerriss'nen Jeans,
Ich war noch niemals in New York, ich war noch niemals richtig frei,
einmal verrückt sein und aus allen Zwängen flieh'n.«
— Udo Jürgens

War es ein Fehler, das Handy wegzuschmeißen? Ich brauche ein neues Hemd. Ich habe vergessen, Hemden einzupacken. Helga legt mir doch sonst immer eines raus, ein frisches, jeden Tag. Socken habe ich jede Menge dabei. Braune Socken mit Rautenmuster, die passen farblich zu den Slippern. Ich habe mir ja zum Glück die bequemen Slipper mitgenommen, die Helga mir immer verboten hat, anzuziehen. Trägt man nicht mehr, sagt sie, seit zwanzig Jahren nicht mehr, sagt sie. Aber in Amerika geht alles. Bin mir gar nicht so sicher, ob das zu zerrissenen Jeans passt. Ist mir auch egal. Ich bin jetzt frei. War schon gut, dass ich das mal gemacht habe. Helga wird sich Sorgen machen. Ob es ein Fehler war, das Handy wegzuschmeißen? Quatsch! Helga hätte schon tausend Mal angerufen und mich vollgequatscht, wenn ich es nicht weggeworfen hätte, das Handy. Wahrscheinlich hat es tausend Mal im Mülleimer geklingelt, da im Flughafen, und jetzt klingelt es auf irgendeiner Müllkippe. Ist schon gut, dass ich das gemacht habe. Handy weggeschmissen. Einfach zum Flughafen und los. Ich wär doch verkümmert, da, in unserer Plattenbauwohnung. Bin sowieso bloß hingezogen wegen Helga, als die damals schwanger war. Aber die Nachbarn alle – na, hör mir auf. Und Helga – na ja, wir sind jetzt wie lange verheiratet? Und die Kleine wurde ja auch immer anstrengender. Und bloß wegen des Jobs? Der Job war doch – also, wenn ich den noch drei Jahre durchgezogen hätte, dann wäre ich wahrscheinlich Frührentner, in drei Jahren. Aber jetzt bin ich frei. Gerade haben sie mich aus dem Park verjagt. Die Cops oder wie das hier heißt, der ABV von San Francisco, der hat mich von der Parkbank verjagt. Zerrissene Jeans, braune Slipper und, wie gesagt, ich müsste mal wieder mein Hemd wechseln. Aber das ist doch kein Grund. Ich habe doch bloß Pause gemacht. Meine letzte Büchse Schultheiss habe ich aufgemacht, mich auf die Bank gesetzt, mir meine letzte Cabinet angesteckt und Pause gemacht. Ist doch ganz schön anstrengend in San Francisco, immer bergauf und bergab. Kommt man ganz schön ins Schwitzen. Vielleicht sollte ich mir ein neues Hemd kaufen. Aber die zerrissene Jeans war schon verdammt teuer. Hätte ich mal die von zu Hause mitgenommen, die Jeans, ich hätte ja einfach selber ein paar Risse reinmachen können. Aber nein, ich musste mir ja unbedingt eine amerikanische Jeans in Amerika kaufen. Weiß auch nicht warum. Wahrscheinlich wegen Helga, weil die sonst gemeckert hätte. Ich weiß noch, was die für ein Fass aufgemacht hat, als die Kleine mit zerrissenen Jeans nach Hause kam, damals, als das anfing mit dieser Mode. Mann, hat Helga da gemeckert mit der Kleinen, und ich auch, na ja. Ist ja jetzt auch schon eine Weile her. Ist schon gut, dass ich das gemacht habe. Dass ich einfach abgehauen bin. Und vielleicht auch, dass ich mir eine zerrissene Jeans gekauft habe in San Francisco. Jetzt brauche ich bloß noch ein frisches Hemd. Leider habe ich kein Geld mehr. Wahrscheinlich hat Helga meine Kreditkarte sperren lassen. Ich kann mir, glaube ich, nicht mal mehr Zigaretten kaufen …

Haha, lustig! Das alte Tagebuch. Dass ihm das ausgerechnet jetzt in die Hände fiel. Achim hatte damals im Flugzeug angefangen, hineinzuschreiben. Tja, so war das damals, sein erster Tag in San Francisco. Vor vier Jahren oder so. Hihi, er war ganz schön naiv gewesen, sich mit der Bierbüchse und 'ner Kippe in 'nen Park zu setzen. Aber jetzt zurück an die Arbeit, sagte er sich. Er musste Kisten packen. Weiterlesen konnte er, wenn die Kisten wieder ausgepackt waren. Nach dem Umzug. Er zog mit Helen, die in der Küche kugelrund und schwanger Geschirr einwickelte, in eine neue Wohnung. An den Stadtrand zwar, aber immer noch in San Francisco. Ein Neubaublock. Komische Nachbarn. Nicht perfekt, aber bezahlbar. Er verdiente ja nicht *sooo* viel, obwohl er arbeitete wie ein Pferd. Ob er das noch lange durchhielt? Aber es reichte, für ihn, für Helen und das Kleine. Man musste sich ein bisschen anstrengen, sparsam sein. Das kriegten sie gut hin. Seit Jahren. Seit wie vielen Jahren war er jetzt mit Helen zusammen? War doch eigentlich eine ganz gute Zeit gewesen, oder? Oder? Zu einem Abstecher nach New York hatte es nie gereicht.

DER ADOPTIERTE PIONIER

Okay, ich will nicht jammern, ich hatte liebevolle Eltern. Es war sehr nett von ihnen, dass sie mich adoptierten. Eigentlich hatte ich sogar noch Glück, ich wuchs ja nicht in Albanien auf oder in Nordkorea oder so. Wenn man das als Maßstab nimmt, darf ich wirklich nicht meckern. Die DDR war vergleichsweise okay. Wir hatten alles, sogar einen Trabi, und fast jedes Jahr ging es im Urlaub in irgendwelche FDGB-Ferienheime. Ich durfte Westfernsehen gucken, meine Eltern waren da sehr großzügig, obwohl meine Mutti Pionierleiterin an einer Russischschule war und mein Vater Parteisekretär im Braunkohletagebau.

Aus irgendeinem Grund konnten sie selber keine Kinder bekommen, und weil sie sich so sehr eines wünschten, adoptierten sie mich. Ich nehme an, wenigstens *sie* haben es nie bereut. Okay, ich wollte ja nicht jammern. Ich hatte also eine glückliche Kindheit. In Ostdeutschland. Ich wurde Jungpionier, machte die ganze Scheiße mit, Russischolympiade, Jugendweihe, Wehrlager und so weiter. Ich war nicht oppositionell, ich hätte gar nicht oppositionell werden können, bei dem Elternhaus, bei der Schule. Aber ich fühlte mich trotzdem irgendwie falsch in der DDR. Ich fühlte mich überhaupt in meinem Leben ganz falsch. Also begann ich der Wahrheit nachzuspüren.

Ich war adoptiert, mein Leben barg ein Geheimnis – und ich war auf der Suche.

Da meine Eltern nicht über meine Herkunft sprachen, angeblich wussten sie darüber auch nichts, musste ich dieses Rätsel ganz alleine lösen. Ich forschte, sammelte Hinweise und Indizien, ich kombinierte, zog Schlüsse und auf Grundlage dieser Schlüsse forschte, sammelte und kombinierte ich weiter.

Erwachsene verraten sich häufig, sie machen Andeutungen untereinander, weil sie denken, dass die Kinder es nicht bemerken. Ich sammelte diese Andeutungen. Irgendwer machte immer welche. Gespräche im elterlichen Wohnzimmer, die ich, ein Trinkglas am Ohr, durch die Wand belauschte, beiläufig eingeflochtene Anekdoten oder auch nur Nebensätze. Ich schrieb alles auf, in ein geheimes Notizbuch. Ich horchte die Schlibrowski aus dem Parterre aus. Ich wurde extra Timurhelfer, wegen ihr. Sie war uralt, wohnte schon immer hier und wusste alles über jeden aus der Gegend. Sie tat oft so, als sei sie verwirrt, um die Leute zu täuschen, aber ich kitzelte trotzdem allerhand aus ihr heraus. Außerdem fuhr die Schlibrowski regelmäßig nach Westberlin. Dann brachte sie immer Zeitschriften mit, Illustrierte, Regenbogenpresse. Ich studierte jeden einzelnen Buchstaben, jedes Bild, jede noch so kleine Anzeige. Die Mühe lohnte sich, aber es war ein Riesenhaufen Arbeit. Die Zeitungen der Schlibrowski waren bloß der Anfang. Ich wurde leidenschaftlicher Altpapiersammler. So konnte ich noch viel mehr Spuren sichern. Das Mosaik begann sich zusammenzusetzen. Langsam zwar, aber stetig. Es war richtig viel Arbeit. Ich musste deshalb notgedrungen die Schule vernachlässigen. Der Ärger, den ich deshalb bekam, hielt sich in Grenzen, schließlich war mein gesellschaftliches Engagement überdurchschnittlich: Timurhilfe und Altpapiersammeln. Ich hatte keine Zeit für Hausaufgaben, und während des Unterrichts wertete ich im Geiste die gefundenen Indizien aus. Sie hielten mich für verträumt. Sollten sie doch. Was ich schließlich herausfand, war atemberaubend.

Meine Mutter, die biologische, die, die mich zur Adoption freigegeben hatte, war in Ostberlin niedergekommen, in der Charité, und sie war extra deswegen dorthin gereist, denn sie war keine Berlinerin. Genauso wenig wie mein leiblicher Vater. Sie waren heimliche Geliebte. Die beiden durften nicht tun, was sie taten. Sie wurden zu Opfern ihrer Leidenschaft, und da ihnen allerlei ethische Prinzipien eine Kindstötung untersagten, blieb ihnen kein anderer Ausweg, als mich zur Adoption freizugeben.

Meine richtige Mutter ist Angehörige eines bedeutenden europäischen Königshauses. Damals, vor fast vierzig Jahren, war eine

Liaison einer Adeligen mit einem Bürgerlichen völlig indiskutabel, auch wenn er, wie mein richtiger Vater, ein Multimillionär war. Sie wäre aus ihrem Schloss verstoßen und von ihrem Erbe ausgeschlossen worden, und dieses Erbe könnte durchaus auch ein europäischer Fürstenthron sein. Aus Liebe zu ihrem Volk hat sie auf die Ehe mit ihrem Geliebten verzichtet – und auf mich. Ich kann ihr deswegen nicht böse sein. Ich werde jetzt keine Namen nennen, aber jeder kann, so wie ich, nachforschen, wer in dem dreiviertel Jahr vor meiner Geburt nicht mehr in der Öffentlichkeit gesehen wurde.

Mein biologischer Vater hätte mich auf keinen Fall legitimieren können. Er war Amerikaner, verheiratet, und er beabsichtigte, in den USA für ein politisches Amt zu kandidieren. Mit einem unehelichen Kind aus einem Seitensprung wären sowohl seine Ehe als auch seine Karriere im puritanischen Amerika beendet gewesen. Ich kann ihm nicht übel nehmen, dass er das politische Amt meiner Mutter und mir vorzog. Es war mitten im Kalten Krieg und er ein Mann mit guten Absichten.

Um alle etwaigen Spuren zu verwischen, reiste meine Mutter zur Niederkunft nach Ostberlin. Die Charité schwieg, denn meine Eltern hatten Schweigegeld gezahlt. Es war ein erhebliches Schweigegeld, und die Charité konnte Devisen immer gut gebrauchen. Und es wurde dafür gesorgt, dass ich von liebevollen Menschen aufgenommen wurde, damit ich mich in der DDR zuhause fühlen sollte.

Mutti und Vati, also die, die mich adoptierten und aufzogen, gaben sich wirklich alle Mühe. Es sollte mir an nichts mangeln. Sie organisierten mir Mosaik-Hefte, Brieffreundschaften in die Sowjetunion und bunte Nachmittage bei der Arbeiterkampfgruppe. Das waren meine bescheidenen Vergnügungen, da mir eine Yacht, Schloss und Pferde verwehrt blieben. Sie gingen so auf im Familienleben, dass sie dazu übergingen, die Tatsache zu bestreiten, dass sie mich überhaupt je adoptiert hatten. Ich will ihnen diese Lebenslüge nicht zerstören, es sind gute Menschen, sollen sie mit dieser Illusion glücklich werden.

Natürlich habe ich mit meinen leiblichen Eltern Kontakt aufzunehmen versucht, aber es scheint, als werde deren Post kontrolliert, jedenfalls bekam ich drohende Briefe von Anwälten, die wohl das Leben dieser mittlerweile schon gealterten und sicherlich auch ein wenig weltfremden Idealisten zu kontrollieren scheinen. Wahrscheinlich ist es auch besser, die beiden nicht mit ihrer Vergangenheit zu konfrontieren. Jedenfalls verzichte ich beiden gegenüber darauf, Aufhebens um unsere Blutsverwandtschaft zu machen. Sie haben es schon schwer genug. Auch möchte ich sie nicht von der Klatschpresse in den Schmutz gezogen sehen, schließlich sind es meine Eltern. So verzichte ich auf Kontakt und leider auch auf das mir zustehende Vermögen. Überhaupt hüte ich die Geschichte meiner Geburt als ein Geheimnis. Es interessiert sich sowieso niemand dafür.

Einmal habe ich versucht, alles der Fallmanagerin zu erzählen, bei der ich Alg II beantragt habe, einmal diesem furchtbar groben Polizeikommissar, oder was das für ein Dienstgrad war, und einmal der Frau Doktor. Die Frau Doktor zeigt als Einzige ein bisschen Interesse an mir. Sie gefällt mir auch ganz gut. Mal sehen, wie es weitergeht. Eigentlich ist die ja nicht standesgemäß, aber was soll's. Und sie ist immerhin Doktor.

COMING OUT BLUES

Im Großen und Ganzen war mein Coming-out eine positive Erfahrung. Meine Eltern haben sehr cool reagiert und mein Freundeskreis hat das auch sehr gut aufgenommen, dass ich jetzt schwul bin. Bloß meine Freundin hat mit mir Schluss gemacht.

Dieses Miststück. Ich hätte nie gedacht, dass die so homophob ist. Wir wollten doch irgendwann mal heiraten. Wie kann sie wegen so einer Sache Schluss machen, die doch eigentlich meine Privatangelegenheit ist?

Sie fehlt mir so. Eine Woche ist das her. Vor einer Woche hat sie mich verlassen. Und die Wohnung sieht aus. Ich mache jetzt alles alleine. Kochen, spülen, waschen, putzen. Mach ich alles alleine – irgendwann mal, wenn ich Zeit habe. Momentan komme ich zu nichts. Ich versuche mich zu betäuben, um über diesen Verlust hinwegzukommen.

Mein Vater sagt, das müsse ich akzeptieren, das mit meiner Freundin, dass die jetzt meine Ex wäre, so bitter das auch sei. Mein anderer Vater meint, wo ich jetzt schwul sei, solle ich mir einen Mann als Partner suchen, er habe das damals auch so gemacht, nach seinem Coming-out, aber ich habe keine Lust, die Erfahrungen meiner Eltern einfach nur zu wiederholen. Ich bin eine andere Generation, und wir leben in einem neuen Jahrtausend.

Meine Kumpels kümmern sich rührend um mich und meinen Kummer. Ständig bekomme ich einen ausgegeben. Dabei sind fast alle hetero. Ich habe jeden von denen schon unter den Tisch getrunken in der letzten Woche. Die meisten sind bei der Al-Qaida. Ich habe die in meinem Maschinenbaustudium kennengelernt damals. Wir treffen uns noch heute regelmäßig. Sie sagen, ich soll mal Urlaub machen, um auf andere Gedanken zu kommen. Sie haben sogar für ein Flugticket zusammengelegt. Die haben aber alle nicht viel Geld, und so ist es bloß ein Flugticket nach Stuttgart geworden. Aber meine Kumpels sagen, das genüge völlig. Sie haben auch einen Koffer für mich gepackt. Die Süßen. Ich will aber gar keinen Urlaub, ich will meine Freundin zurück.

Sie fehlt mir so. Das Klo müsste auch mal sauber gemacht werden. Und die leeren Bierflaschen stapeln sich in der Küche. Ich trinke also meist auswärts, in irgendwelchen Discos oder Bars, was ganz schön ins Geld geht. Ich lasse mich auch nur noch abschleppen. Nach Hause in die versiffte Bude kann ich ja niemanden mitnehmen. Also wache ich jeden Morgen bei einer anderen Frau auf. Irgendwie sind Männer mit Liebeskummer anscheinend attraktiv. Und Schwule wohl doppelt. Mit ein bisschen Pech bin ich in neun Monaten siebenfacher Vater. Vielleicht habe ich mich ja auch angesteckt. Aids oder so. Na bravo, das ist ja wie im Klischee. Schwuler mit Aids wegen ungeschütztem Verkehr. Und das, wo ich doch bloß meine Freundin zurückwill. Aber das Fräulein ist sich ja zu fein dazu, mit einem Homosexuellen zusammenzuleben.

Am meisten fehlt mir der Sex mit ihr. Klingt primitiv, ist aber so.

Vorhin hat auch noch mein Chef angerufen und gesagt, ich müsse wieder auf Arbeit kommen. Also ab morgen wieder in die Tretmühle. Ich darf den Zeitplan nicht gefährden, in einem Monat starten wir. Der hat Sorgen, mein Chef. Ich mache den Job sowieso bloß noch wegen der Kohle. Astronaut. Das passt doch gar nicht zu mir. Aber ich kann da nicht einfach aussteigen, schließlich haben die extra für mich einen rosa Raumanzug angefertigt, als die von meinem Coming-out erfahren haben. Die Süßen.

WAS ICH HEUTE MACHEN WÜRDE, WENN ICH NICHT SCHRIFTSTELLER GEWORDEN WÄRE – TEIL 6: LESEN

Um gleich mal mit der Tür ins Haus zu fallen, um es rundheraus zu sagen, ohne lange um den heißen Brei herumzureden, um das Kind, wo es doch nun schon mal in den Brunnen gefallen ist, beim Namen zu nennen, um ehrlich zu sein und der Wahrheit ins Angesicht zu blicken: Ich habe eine Lesekrise.

Eine Schmökerblockade. Ich kann mich gar nicht erinnern, wann ich das letzte Mal ein paar gescheite Zeilen gelesen habe. Es ist eine Schande. Ich bin doch Leser. Ich habe schon alles Mögliche probiert. Mir sehr früh den Wecker gestellt. Oder abends gelesen, vormittags, nachmittags, mitten in der Nacht. An einsame Orte bin ich gefahren außerhalb der Saison. Pupsige Pensionen am Meer im Winter, Skigebiete im Herbst, Motels an irgendwelchen Autobahnkreuzen, um mich ja nicht abzulenken. Nichts, es hat nichts geholfen. Ich habe es mit ladenneuen Büchern probiert und mit antiquarischen Exemplaren voller Unterstreichungen und geistreicher Randnotizen der Vorbesitzer. Nichts. Dass ich Leser bin, das kann ich eigentlich keinem mehr wirklich glaubwürdig weismachen. Ich habe versucht, am Computer zu lesen. Es hilft nichts.

Früher, da war ich gut. Selbst ich habe mich schon für ein Naturtalent gehalten. Ich habe jeden Tag ein paar Seiten gelesen. Schon als Kind hat das angefangen. Sogar an Sonn- und Feiertagen. Ich konnte im Liegen lesen. In der Bahn, im Bus, im Flugzeug, am Strand und beim Sex.

Ich dachte zwischenzeitlich, es wird vielleicht besser, wenn ich mich bewusst für ein bestimmtes Sujet entscheide. Ich habe dann versucht, Krimis zu lesen oder Historienromane oder Science Fiction. Hat alles nicht geklappt. Im Buchladen, in der Fachhandlung, dem Kulturkaufhaus, der Bibliothek, da hat mich das alles noch interessiert, angezogen hat es mich, den ganzen Heimweg war ich beschwingt, tanzte fast auf dem Bürgersteig nach Hause, aber dann: Kaum halte ich es in der Hand, kaum liegt es vor mir, überfällt mich die Angst vorm vollen Buch.

Furchtbar ist das. Richtig depressiv werde ich deswegen. Zum Glück bin ich jetzt in so einer Selbsthilfegruppe. Ich hatte gar nicht geahnt, wie vielen es so geht wie mir. In der Gruppe habe ich gelernt, dass ganz viel von dem, was man so macht, eine unbewusste Vermeidungsstrategie ist. Wenn man abwäscht, saubermacht oder ausgeht. Oder wenn man anfängt, Texte zu schreiben, so wie ich gerade. Das macht man eigentlich nur, um nicht lesen zu müssen. Das hat Ursachen, die in den Tiefen der Psyche verborgen liegen. Manche Experten behaupten allerdings, dass man in so einem Fall vielleicht auch einfach nicht zum Konsumenten geboren ist, und dass man, ohne sich etwas vorzumachen, lieber zum Produzenten werden sollte, wenn man sich denn partout mit Literatur beschäftigen will. Möglicherweise haben diese Experten sogar recht, aber wer will sich das schon eingestehen?

Vielen hilft es dann, wenn sie umsatteln und das Betätigungsfeld wechseln. Das ist bei mir aber wiederum nicht so einfach. Ich war ja nicht immer Leser. Davor war ich Hörer. Ich habe mir Musik angehört. Ich hatte eine der größten Schallplattensammlungen in unserem Haus. Musik war mein Leben. Dann konnte ich plötzlich nichts mehr hören. Ich habe es einfach nicht mehr fertigbekommen, eine Platte aufzulegen. Erst dachte ich, klar, ich brauche eine Pause, die Ohren müssen sich regenerieren oder so was. Aber irgendwann musste ich mir eingestehen, dass ich eine Hörkrise hatte. Eine Lauschblockade. Ich versuchte noch, von Vinyl auf CDs umzusteigen, aber es wurde dadurch nicht besser. Damals bin ich nicht zu einer Selbsthilfegruppe gegangen. Nein, ich habe einfach umgesattelt und bin Leser geworden. Das war, wie ich jetzt weiß, eigentlich nur eine Form der Flucht. Aber mein altes Problem hat mich eingeholt. Statt nicht zu hören, kann ich nicht lesen. Daher möchte ich nicht noch einmal das Betätigungsfeld wechseln.

Man hat mir da etwas angeboten. Ich könnte Trinker werden. Das klingt nicht schlecht. Aber mit meiner Vorgeschichte? Was ist, wenn ich irgendwann keinen Durst mehr habe? Nichts trinken kann? Wenn ich eine Schluckblockade kriege, die Saufkrise? Ich möchte nicht zum dritten Mal in Folge scheitern. Ach, ist das alles schrecklich.

BETTLERFABEL

Ein begüterter, gut gekleideter Bürger verließ die Bank, in der er soeben Geldgeschäfte betrieben hatte, trat auf den Bürgersteig, blickte sich kurz um und schlenderte die Allee entlang. Es war ein sonniger, milder Herbsttag. An der nächsten Ecke bat ihn ein in Lumpen gehüllter Bettler um ein bisschen Kleingeld. Die elende Gestalt dauerte den wohlhabenden Passanten. Andererseits roch sie stark nach Schnaps.

»Ich werde Ihnen kein Geld geben«, erklärte der Bürger, »am Ende vertrinken Sie es doch. Warum kaufen Sie sich nicht etwas Gutes? Richtige Kleidung zum Beispiel?«

»Wenn Sie einen Moment ihrer werten Zeit entbehren möchten, mein Herr, dann erzähle ich Ihnen eine Geschichte«, sagte der Bettler. Und er hub an: »Ich kannte mal einen, das ist freilich schon viele, viele Jahre her, da kannte ich einen, dem hatte das Schicksal übel beigetrieben. Er verlor durch einiges Ungemach seine Familie, sein ganzes Hab und Gut und auch sein Obdach. Ich kannte ihn gut. Gezwungen zur Bettelei, abhängig von der Gnade der Flaneure, gesellte er sich zu uns. Kauerte hier mit mir auf der Allee. Trotz allem war er sehr stolz. Er trank nie einen Tropfen. Er kaufte auch keinen Tabak. Jeden Heller, den er sparen konnte, tat er zur Seite. Er sparte viele Monde und schließlich kaufte er sich just zum Winterbeginn von dem Geld einen guten Anzug mit teuren Schuhen und einem warmen Mantel. Aber wissen Sie, was dann geschah? Niemand gab ihm von da an auch nur einen einzelnen Pfennig. Nicht einmal angebissene Brötchen oder Pfandflaschen schenkte man ihm. Er sah zu gut aus, als dass sich jemand seiner erbarmen mochte. Er verhungerte noch vor

Silvester. Damals haben wir übrigen Bettler der Stadt uns geschworen, uns niemals gut zu kleiden, denn wir hatten gelernt, dass dies unser Ende wäre.«

»Das ist«, sagte der wohlhabende Mann, »die traurigste Geschichte, die ich je gehört habe. Die Menschen sind oft so blind! Wie leicht lassen sie sich von der äußeren Hülle blenden!«

Und er ließ den Bettler stehen und eilte nach Hause, und er schrieb Briefe an alle seine Freunde und Verwandten und an all seine Geschäftspartner und an die Zeitung. Er schilderte die Geschichte, die der Bettler ihm erzählt hatte, verbunden mit der inständigen Bitte, hinfort nur noch gut gekleideten Stadtstreichern Almosen zu gewähren.

Und so geschah es, dass all die elend in Lumpen gehüllten Ansucher der Stadt noch vor Silvester verhungerten. Die wohlhabenden Bürger jedoch halten bis heute vergeblich Ausschau nach einem in feinen Zwirn gehüllten Vagabunden, dem sie etwas Geld geben können.

ERIKAS MONDFAHRT

»Erst haben sie uns das Rauchen verboten, und jetzt verbieten sie uns das Fliegen. Da helfen auch keine Volksentscheide – haben sie einfach Tempelhof dichtgemacht.« Ralf fluchte in sein Feierabendbier und zog gereizt an seiner Stuyvesant.

»Aber du rauchst doch noch«, sagte Erika. Ralf blickte auf seine Zigarette.

»Stimmt«, sagte er, »es ist verboten, nicht wahr? Und trotzdem rauche ich, weil es dir egal ist, Erika. Und weil das Ordnungsamt lieber Radfahrer von den Bürgersteigen scheucht, als das Rauchverbot durchzusetzen.« Erika polierte hinterm Tresen Gläser. »Willste noch 'n Kräuter?«

An der Wand neben der Tür hing ein Aufruf zu einer Demonstration. Ob in Kneipen geraucht würde oder nicht, sollten die Wirte entscheiden dürfen, forderten die Organisatoren.

Ralf war Pilot. Er flog kleinere Maschinen, meist für Geschäftsleute. Er liebte seinen Beruf. Er liebte Tempelhof, und es brach ihm fast das Herz, dass er hier nie wieder landen sollte, ihm, dem Ur-Westberliner. Jetzt starrte er wie hypnotisiert auf seine Zigarette. »Erika«, sagte er behäbig, »ich habe eine Idee!«

Und Ralf wurde der Erste, der die Schließung des Flughafens Tempelhof missachtete. Er war ja auch einer der Ersten gewesen, die das Rauchverbot in Kneipen missachtet hatten, aber wer tat das nicht? Als ob nichts gewesen sei, landete und startete Ralf in Tempelhof. Die Polizei erklärte sich für nicht zuständig. Das Ordnungsamt hatte nicht genügend Personal, um den Flugbetrieb zu unterbinden. Ein halbes Jahr lang, so kündigten sie an, würden sie nicht einmal kontrollieren, ob in Tempelhof geflogen würde.

Das Abfertigungsgebäude war vernagelt, aber Ralf schnitt den Zaun auf und montierte ein Gartentürchen in die Lücke. In der Nähe der Tür lungerte ein Vietnamese herum, der auf Anfrage Kanister voller Flugbenzin aus einem Gebüsch holte, um die Flugzeuge zu betanken. Bald landeten und starteten immer mehr Piloten illegal in Tempelhof. In einem alten Doppelstockbus wurde von arbeitslosen Fluglotsen ein behelfsmäßiger Tower eingerichtet. Für die Lokalpresse waren sie Helden. Gegner und Befürworter des Flugbetriebs schrieben wütende Leserbriefe.

Als es kühler wurde, stellte Ralf Heizpilze vor das Türchen im Zaun. Dort bildete sich auch ein Taxistand. Ein Imbiss eröffnete. Am Zaun hingen Aufrufe für eine Demonstration. Ob in Tempelhof gelandet würde oder nicht, sollten die Piloten entscheiden dürfen, forderten die Organisatoren.

Hatten zuerst nur Geschäftsleute und Sportflieger den illegalen Flughafen zu schätzen gewusst, entwickelte er sich bald zu einem Geheimtipp unter Touristen. Der *Lonely Planet* empfahl ihn für eine Reise ins verruchte Berlin mit seinen verruchten Clubs und Bars. Bald darauf landeten Charterflieger voller angelsächsischer Pubcrawler. Eine Invasion in die ruhigen Alkoholikerwohnzimmer des verschlafenen Bezirks Tempelhof begann. Mittelgroße Gruppen besoffener Amis aus Skandinavien bescherten Erika Umsatz, Hektik und schmutzige Toiletten. Ralf fand immer öfter keinen Sitzplatz mehr, wenn er wie gewohnt sein Feierabendbier trinken wollte. Wie ein Fremdling stand er an der Wand neben der Tür. »Noch einen Kräuter, Erika!«

»Ist alle, Ralf«, Erika zuckte erschöpft mit den Schultern, »haben die Amis weggetrunken.«

Sie tranken und strömten aus der Kneipe, um der nächsten Woge besoffener Amis Platz zu machen, diesmal welchen aus Spanien. Ralf fühlte sich alt. Und müde. Und alt. »Komm Erika!«

Sie trotteten über das Rollfeld. Eine Maschine wartete vollgetankt. Ralf nahm im Pilotensessel Platz. Er half Erika, sich anzuschnallen. Sie war noch nie geflogen. »Du darfst rauchen«, sagte er, gab ihr Feuer und steckte sich selber auch eine an. Dann startete er das Triebwerk.

Das kleine Flugzeug schoss über die Startbahn, zog in den Nachthimmel hinauf und durchstieß schließlich die Wolkendecke.

Berlin unter ihnen war nur noch eine vage Erinnerung. Immer höher ging es hinauf. Sonne, Mond und Sterne. Sie umkurvten den gelb leuchtenden Erdtrabanten und landeten schließlich wohlbehalten und weich hinterm Mond, wo alles noch so war wie früher. Und wenn sie nicht gestorben sind, dann leben sie noch heute dort.

CORINNA

Seit meiner Einschulung saß ich neben Corinna. Sie war ein komisches Mädchen. Sie kletterte gern auf Bäume. Sie kletterte auch gern auf Klettergerüste, Müllcontainer und Autos, aber am liebsten auf Bäume. Ich folgte ihr nie besonders weit, mir wurde schnell schwindelig. Irgendwann begann sie sogar, auf Baugerüste zu steigen, auf Schornsteine und Kräne, in der zweiten oder dritten Klasse war das, glaube ich. Wenn sie sich am Boden bewegte, wirkte sie irgendwie plump, obwohl man nicht sagen konnte, woran das lag.

Sie war gern albern, schnitt Grimassen und machte Faxen. Sie war auch gut in Sport. Ich mochte sie trotzdem. Ich bewunderte sie. Wie sie zu mir stand, weiß ich eigentlich gar nicht. Sie redete selten und wenn, dann wenig. Regelmäßig lauste sie meinen Kopf.

Corinna liebte es auch, wenn man in ihren Haaren herumpolkte. Das war eigentlich nicht ungewöhnlich, die Mädchen verbrachten viel Zeit damit, sich gegenseitig zu kämmen und einander Zöpfe zu flechten. Aber bei Corinna war es schon unheimlich. Zum Beispiel stellte sie sich bei den Läusekontrollen immer mehrmals an. An den Schulen fanden regelmäßig Läusekontrollen statt. Fremde Männer und Frauen gingen durch die Klassen und suchten die Haare der Kinder nach Nissen ab. Keine Ahnung, wer diese Kontrolleure eigentlich waren, wahrscheinlich Mitarbeiter des Ministeriums für Staatssicherheit. Bei den großen Klassen fiel gar nicht auf, dass Corinna sich mehrmals anstellte. In unserem Neubaugebiet gab es viele kinderreiche Haushalte und dort gab es eigentlich immer Läuse. Für so eine kinderreiche Familie war das eine ewige Tortur, sie kamen aus dem Haarewaschen gar nicht mehr heraus. Kaum waren sie mit allen Köpfen fertig, ging es wieder von vorne los. Deshalb legten oft die Kinder einer ganzen Familie zusammen und bezahlten Corinna dafür, an Stelle eines der Geschwister zur Läusekontrolle zu gehen. Das funktionierte immer. Corinna konnte sehr gut andere Kinder imitieren, Mädchen wie Jungen. Auch Erwachsene ahmte sie verblüffend gut nach. Dafür hatte sie wirklich Talent. Sie verdiente sich ein beträchtliches Taschengeld auf diese Art. Das gab sie dann für Obst aus. Am liebsten aß sie Bananen. Dummerweise gab es im Osten aber nur selten welche. Dass sie der DDR trotzdem treu war, lag an ihren Eltern.

Corinnas Eltern waren Christen. Sie hielten so wenig vom Staat wie dieser von ihnen. Ich war oft bei ihnen zu Hause. Mein eigener Vater war ständig auf Dienstreise, meine Mutter dauernd auf Schicht. Das Fernsehen sendete damals nur abends und in der öffentlichen Bibliothek gab es bloß Buchattrappen. Es waren aus echtem Papier hergestellte Buchattrappen, die Seiten waren sogar bedruckt. Eine riesige Industrie imitierte im Osten richtige Bücher. Texte, die man anstelle echter Literatur lesen sollte. So wie man Malzkaffe trinken sollte anstelle von Bohnenkaffee. Was blieb mir also anderes übrig, als mich bei Corinnas Familie herumzutreiben? Sie war kein Einzelkind, aber ihr älterer Bruder war Bausoldat in irgendeiner Kaserne und ihre ältere Schwester Schwesternschülerin irgendwo in Sachsen. Corinna und ich bekamen den Glauben ihrer Eltern also ganz allein ab, und das volle Breitseite. Gebete, Gesänge und die ganzen Bibelmärchen.

Die Eltern trieben Corinna, ohne es zu wollen, mit ihrem missionarischen Eifer dem Kommunismus und seiner wissenschaftlichen Weltanschauung in die Fänge. Als jüngstes Kind der Familie neigte sie sowieso zur Rebellion. Sie verwarf so kühn wie stur sowohl das Alte wie auch das Neue Testament. Die Schöpfungsgeschichte empfand sie als absurd. Ihre kirchlichen Eltern waren ihr peinlich. Sie fing an, sich immer fester einzubilden, sie sei lediglich adoptiert. Den entscheidenden Baustein in ihrer Weltanschauung lieferte dann die Evolutionstheorie. Ihre Eltern waren über die Blasphemie ihrer Tochter entsetzt, aber Corinna bestand darauf, vom Affen abzustammen. Wahrscheinlich waren ihre richtigen Eltern sogar richtige Affen in irgendeinem Zoo oder Zirkus. Sie war ja adoptiert worden.

Natürlich hatten ihre Eltern schon vor Jahren einen Ausreiseantrag gestellt, zusammen mit dem Antrag auf einen Wartburg. Corinna war unglücklich. Sie sollte ausreisen, ausgerechnet in den unwissenschaftlichen Westen, wo die Menschen von Adam und Eva abstammten statt von Affen. Und ausgerechnet dort gab es Bananen im Überfluss. Ich bot an, mit ihr zu tauschen, aber diesen Plan vereitelten meine Eltern. Wer sollte denn die Blumen gießen, wenn mein Vater auf Dienstreise und Mutter auf Schicht war? Na ja, es war immerhin ein Versuch.

Eines Tages war es dann so weit, Corinna verließ mit ihren Eltern das Land. Sie schrieb mir später noch ein paar kurze, unbeholfene Briefe. Briefe auf Bananenschalen. Ich nehme an, die Stasi hat sie geöffnet und den Inhalt herausgenommen. Die Birthler-Behörde hat mir auf diesbezügliche Fragen nie geantwortet. Ich weiß nicht, was aus Corinna geworden ist, ob und wo und wie sie heute lebt. Ich habe keine Adresse; die Briefe auf Bananenschalen sind schon längst verfault. Mir bleibt nur die Erinnerung.

FRITZE MIT DEM FLITZEBOGEN

Dieses Foto in der Zeitung. Im Urwald Amazoniens haben sie neue Indianer entdeckt. Die hatten bisher noch keinen Kontakt zur Zivilisation. Jetzt haben sie sie vom Flugzeug aus fotografiert, und ich habe dieses Foto in der Zeitung gesehen: wie die neuen Indianer das Flugzeug beschießen, mit Pfeil und Bogen. Ich überlegte, ob ich diese Menschen beneiden soll.

Mir geht die Zivilisation gehörig auf den Wecker. Das Müllauto, dass durch unsere Straße rumpelt, um weggeworfene sinnlose Produkte abzuholen; der Paketmann, der bei uns klingelt, weil er irgendein neues sinnloses Produkt für unsere Nachbarin abliefern muss; das Jobcenter, das will, dass ich irgendwelche sinnlosen Produkte herstelle, für Geld. Die Kaufhalle, die dieses Geld von mir haben will; die Kirche, die meine Kinder haben will; das Callcenter-Mädchen, das meine Meinung wissen will. Meine Meinung ist, dass mir die ganze Zivilisation ganz schön auf die Eier geht.

Diese Indianer im Urwald Amazoniens, die haben es gut. Die müssen sich bloß über die Natur ärgern. So müsste man es machen, wie die. Im Inneren bin ich ein Aussteiger. Ich sehne mich nach einem Leben in der Natur. Habe den ganzen Abend auf dem Balkon gesessen und darüber nachgedacht, dass man eigentlich aussteigen müsste, aus dem ganzen Wahnsinn. Im Urwald leben und nackig rumlaufen. Aber das geht nicht, Brasilien ist weit.

Um das Fernweh besser ertragen zu können, das Heimweh nach Mutter Natur, die Sehnsucht nach dem Urwald, habe ich mir ein Bier aus dem Kühlschrank geholt, eine CD mit Naturgeräuschen aufgelegt und mich nackig ausgezogen. Dann kamen die Mücken und ich musste mich einschmieren mit Anti-Brumm.

Habe ich mal im Internet gelesen, dass das das Beste sein soll. Und als es mir zu langweilig wurde, auf dem Balkon vom Naturleben zu träumen, habe ich eben noch ein bisschen im Internet geblättert. Und als ich damit fertig war, mir noch ein Bier aus dem Kühlschrank geholt. Und wieder geträumt, vom Aussteigen. Und mich erinnert.

An damals, mit Fritze. Als ich noch schwul war. Und Fritze war so ein Aussteiger. Also, so wie man Aussteiger sein konnte, in der DDR. Wild campen, Faltboot fahren, trampen. Tramper-Schuhe und Fleischerhemden. In Budapest kauften wir uns Survival-Bücher aus dem Westen. Und lernten, wie man in der Wildnis überlebt. Wie man Haie verjagt, indem man unter Wasser schreit. Wie man Bären mit seiner eigenen Scheiße ködert. Wie man an Bäumen ablesen kann, wo oben und unten ist. Unten ist da, wo die Wurzeln sind. So was eben. Hat uns alles nicht so super viel genützt, im Osten.

Nach der DDR wurde das Fernweh bei Fritze noch schlimmer. Nazis, überall waren auf einmal Nazis. Er wohnte in Berlin-Lichtenberg. Als Homo hatte er Vorbehalte gegen ein Viertes Reich.

»Lass uns auswandern«, schlug er vor. Wir tagträumten von fernen Ländern, vom neuen Leben, von einer Heimat. »Wir könnten nach Brasilien gehen. Eine Ranch aufmachen oder eine Strandbar an der Copacabana, mit Büchsenbier, Fischbrötchen und Softeis, oder wir gehen in den Dschungel und leben wie die Eingeborenen. Mit Lendenschurz und Blasrohr. Nur du und ich.«

Aber es war zu spät für uns beide. Deutschland wurde eins, und ich lernte Westfrauen kennen. Wegen der Ostschrippen war ich ja schwul geworden seinerzeit, aber diese BRD-Frauen, das war etwas ganz anderes. Es tat mir leid für Fritze. Wir verloren uns aus den Augen, und auch das tat mir leid.

Ob er wirklich auswanderte damals? Nach Brasilien vielleicht? Fritze? Ich besah mir noch einmal das Zeitungsfoto. Gesichter erkannte ich nicht. Ein rot bemalter nackter Mann, der mit einem Bogen in den Himmel zielt, umgeben von anderen nackten Männern. Nur Männer? Hütten, gedeckt mit Laub und Reisig, wie aus dem Handbuch »Überleben in der Wildnis«?

Ich musste noch irgendwo eine Lupe haben, ein Andenken an meinen Großvater, mit der hatte er immer die Zeitung gelesen.

Damit sah ich mir das Bild noch einmal genau an. Nahm es unter die Lupe. Das Gesicht des Bogenschützen. Und tatsächlich …

Tatsächlich, das konnte doch nicht wahr sein! Es stimmte also wirklich! Es war wirklich wahr: So ein Zeitungsfoto besteht tatsächlich aus Rasterpunkten. Wenn man richtig nahe rangeht, erkennt man gar nichts mehr. Das konnte doch nicht wahr sein. Also, wenn ich schon mal einer Sache auf den Grund gehen will …

Da hat man schon eine Zeitung abonniert und wird dann doch nicht schlauer. So ist das, mit der Zivilisation. Geht mir voll auf den Sack. Ich nannte den Indianer trotzdem Fritze und beneidete ihn anschließend. Dann zog ich mich an. Und holte mir noch ein Bier.

VIERZEHN

Mein Kind ist vierzehn. Vierzehn Tage alt. Wenn es eine Zeitung wäre, würde jetzt das Probeabonnement ablaufen. Ich könnte mir überlegen, ob ich es behalten will, und wenn ja, dann bekäme ich eine Armbanduhr geschenkt. Eine Armbanduhr oder ein Edelstahlkochtopfset oder einen Radiowecker. So ein Säugling ist ja auch eine Art Wecker. Man kann ihn bloß nicht einstellen. Außerdem kann man ihn nicht ausstellen. Ich weiß gar nicht, wo da die Vorteile sein sollen. Auf was habe ich mich da bloß eingelassen? Und warum eigentlich? Ich habe gar keinen Grund, früh aufzustehen. Ich bin Schriftsteller, nicht Bäcker. So langsam verstehe ich, warum die Männer früher die Windeljahre ihrer Kinder in der Kriegsgefangenschaft abgewartet haben.

Wenn das Baby klingelt, ich meine, wenn der Wecker schreit, dann ist es Zeit für die zwei Mutterbrüste. An der einen saugt der Säugling, aus der anderen spritzt die Milch. Es sind unglaubliche Mengen, und sie ist sehr schmackhaft. Sie versüßt mir den Kaffee, sie ernährt unser Kind und meine Freundin. Meine Freundin bildet dadurch, dass sie neuerdings ihre eigene Milch trinkt, ein in sich geschlossenes, sich selbst erhaltendes System. Wenn das Kind aus dem gröbsten raus ist, will sie sich bei der NASA bewerben, zur Teilnahme an einer Marsmission.

Für uns ist das noch Utopie, ein Flug zum Mars, aber für meinen Sohn wird das Alltag sein. Ich werde dann für ihn ein Relikt darstellen. Ein alter Knochen, der noch in der Zeit vor dem Internet aufgewachsen ist. Als ich klein war, gab es noch keine Computer, höchstens bei der NASA. Es gab auch keine Handys. Die Menschen schrieben sich Ansichtskarten und keine SMS. Es gab noch keine Faxgeräte und keine Geldautomaten. So was wie ein Babyfon war unvorstellbar. Fotografiert wurde auch noch mit richtigen chemischen Filmen. Die konnte man sogar noch bis Ende des vorigen Jahrtausends über Nacht entwickeln lassen. Heute ist das undenkbar. In meiner Jugend wurde Musik auf Schallplatten analog gespeichert und nicht in irgendwelchen MP3-Dateien. Ja, es gab noch nicht einmal CDs, dafür aber Magnetbandkassetten. Ich muss meinem Sohn vorkommen wie eine dieser steinzeitlichen Moorleichen oder wie so ein Gletscherfrosti. Ein Zeuge aus einer fernen Zeit: interessant irgendwie, aber auch ein bisschen gruselig und er verströmt einen etwas unangenehmem Geruch. Ein Wesen aus einer Zeit, als Fahrräder noch keine achtundzwanzig Gänge, sondern Gepäckträger hatten. Ich habe noch den Aufstieg der Quarzuhr mit Digitalanzeige miterlebt, und den der Infrarotfernbedienung. Ich habe die Pampe geschluckt, die in den ersten Mikrowellengeräten erhitzt wurde. Als Klettverschlüsse groß rauskamen, trug ich sie am eigenen Leib. Und mit meinen eigenen Augen habe ich damals längst vergessene Maschinen gesehen, Pager zum Beispiel und Tamagotchis.

»Papa, erzähl von der guten alten Zeit!«, wird es bald heißen. Und ich werde erzählen. Das ist ja mein Beruf. Ich bin Schriftsteller, nicht etwa Bäcker. Ich hätte deshalb übrigens auch gar keinen Grund, früh aufzustehen. Aber das kümmert so einen Säugling ja nicht. Na, der soll mal abwarten, bis er in das Alter kommt, wo er gerne mal ausschläft. Dann zahle ich ihm alles heim. Ich hoffe bloß, es gibt dann, wenn es soweit ist, in der Zukunft, keine Elternklappen. Aber das würde mein Sohn doch nie übers Herz bringen, oder?

MONOLOG DES WICHTIGEN ALTEN HUNDES

Mir tun die Knochen weh. Mir tut der Magen weh. Im Dunkeln stolpere ich über matschverdreckte Schuhe. Aber dunkel ist okay. Ich möchte kein Licht anmachen. Ich will das alles gar nicht sehen. Essensreste unterm Bett. Kekshälften, Apfelgriebsche, umgekippte Flaschen, Farbschmierereien an den Wänden. Ich wohne wie ein Punk. Überall auf dem Fußboden liegt Müll herum. Leute, die ihr Geld damit verdienen, Müll zu verkaufen, nennen es Spielzeug, aber es ist Müll. Plastemüll. Holzabfälle. Lumpen. Alles Müll, entweder von vornherein, oder es wird mit wenigen Handgriffen zu Müll gemacht. Ich wohne mit Menschen zusammen, die mit wenigen Handgriffen aus allem Müll machen. Die benehmen sich wie Punks. Sie sind viel jünger als ich. Es sind ja auch meine Kinder. Ich bin viel älter als die. Eigentlich zu alt für so was, aber ich wohne wie ein Punk. Ich esse auch wie ein Punk. Ich ernähre mich von Resten, von dem, was die Kinder stehen lassen. Ich mache Teller leer. Ich lebe wie ein Punk. Wenigstens habe ich keinen Hund. Ich hasse Hunde. Ist schon okay, wenn andere das mögen, aber für mich wäre das nichts, ein Hund. Ich frage mich allerdings schon manchmal, was in Hundehaltern vorgeht, was das für Leute sind, die ihre Sexualpartner vor der Kaufhalle anbinden. Oder brauchen die ihre Vierbeiner nur, weil sie sich nicht selber trauen, auf die Straße zu kacken? Ich bin ziemlich unsachlich, ich weiß. Im Flur stinkt es. Scheiße an der Bereifung des Kinderwagens. Neun von zehn Idioten hätten jetzt geschrieben: Scheiße an der Bereifung vom Kinderwagen. So, als ob der Kinderwagen geschissen hätte. Wenigstens weiß ich, wie der Genitiv geht. Welcher Punk kann das schon von sich behaupten? Also, so ein richtiger Punk, der weiß bestimmt nicht, wie der geht, der Genitiv. Dafür hat er Bier im Haus. Ich habe keins. Kein Bier weit und breit. Nur Milch ist da. Ich führe ein Leben wie ein Hund. Ich habe vor der Kaufhalle gewartet. Die Frau hat Milch gekauft, drinnen in der Kaufhalle, Äpfel und Schokolade für die Kinder. Ich bin nicht so gut geeignet, zum Einkaufen mitgenommen zu werden. Ich bin nur gut zum Schleppen. Schlecht zum Shoppen, gut zum Schleppen. Darum wartete ich draußen. Ich wurde auch schon vorm Bioladen stehen gelassen. Die Vorübergehenden musterten mich wie einen Hund. Ich hätte am liebsten auf die Straße gekackt, um sie zu ärgern. Aber ich mochte mich nicht bücken, um die Hose runterzulassen. Mir tut nämlich neuerdings der Rücken weh. Mir tut der Rücken weh vom Rumschleppen. Und die Füße tun mir weh. Ich bin ein alter Mann geworden. Wo kauft man eigentlich Franzbranntwein? Damit könnte ich mich einreiben. Rücken und Füße einreiben. Vielleicht gab es ja Franzbranntwein in der Kaufhalle. Ich hätte die Frau anrufen können, drinnen in der Kaufhalle, mit dem Handy: Bring Franzbranntwein mit, Frau! Ich habe ja jetzt ein Handy. Falls mal was ist, mit den Kindern. Oder damit ich nach Hause geholt werden kann, aus der Kneipe. Ich führe das Leben eines Wichtigtuers. Oh, ganz wichtig, mein Handy klingelt, ist bestimmt ganz wichtig, vielleicht ist was mit den Kindern, hallo-hallo! Ich bin schon ein verdammt wichtiger Hund. Ein wichtiger, alter Hund. Aber ich wohne wie ein Punk. Und ich hatte die PIN vergessen vom Handy. Die Frau ist dann rausgekommen, bevor mir die PIN wieder einfiel. Sie hatte keinen Franzbranntwein gekauft. War vielleicht auch besser so. Sie musste gar nicht wissen, wie alt ich eigentlich war. Ich schleppte wacker die ganzen Wackersteine, die sie in der Kaufhalle gekauft hatte, und sie schob den Kinderwagen durch Hundekot. Das war vorhin. Darum stinkt's jetzt im Flur, und ich bin unsachlich. Morgen werde ich mich von hinten anschleichen, an die Hundeficker, und plötzlich losschreien: Hunde hoch, das ist ein Überfall! Vielleicht auch nicht. Mache ich vielleicht auch nicht, ist irgendwie albern. Ich habe Kopfschmerzen und irgendwelche Bazillen. Ich hatte ja befürchtet, Kinder schleppten einem ständig Welpen in die Wohnung, Kätzchen oder aus den Nestern gefallene Vogelküken. Aber meine Kinder bringen zum Spielen Bakterien und Viren mit nach Hause. Mir tun die Knochen weh. Mir tut der Magen weh. Ich bin ein alter Mann. Ich habe auch seit Jahren nicht geschlafen. Das könnte ich jetzt tun, in diesem Moment, so wie die anderen auch, aber diese stille, friedvolle Atmosphäre, wenn die Kinder träumen und die Frau grunzt, die darf ich nicht einfach verschlafen, das muss ich auskosten. Aber wie? Zum Lesen bin ich zu müde. Musik kann ich nicht anmachen, sonst wachen alle auf. Bier ist keines da. Ich bin schon ein armer Hund. Ich mache das Internet an und wedle ein bisschen mit dem Schwanz. Dann gehe ich doch ins Bett. Ich stolpere über ein Plüschkrokodil. Im Bett liegt ein Polizeiauto. Ich bin zu alt für so was. Ich träume vom Tod. Morgen um halb sieben ist der Traum zu Ende. Dann bin ich wieder wichtig.

WAS ICH HEUTE MACHEN WÜRDE, WENN ICH NICHT SCHRIFTSTELLER GEWORDEN WÄRE – TEIL 7: SUIZID

»Sag Jein zum Leben!«
Volker Strübing

Der Selbstmörder unterscheidet sich vom Unfallopfer in erster Linie durch den Abschiedsbrief. Ich bin meinen Abschiedsbrief noch einmal durchgegangen, bestimmt zum x-ten Mal. Ich habe immer noch Fehler gefunden. Ich habe mich ja noch nicht mal entschieden, ob alte oder neue Rechtschreibung. Die Formulierungen, die ich verwendet habe, sind auch teilweise sehr unbefriedigend. Was nützt ein Abschiedsbrief, wenn ihn keiner versteht? Wenn ich vielleicht sogar missverstanden werde? So wie ich mein ganzes Leben lang missverstanden worden bin.

Kann man Abschiedsbriefe eigentlich lektorieren lassen? Gibt es Lektoren für Abschiedsbriefe? Es müsste auch lizensierte Übersetzer letzter Worte geben. Damit man später, falls man posthum berühmt werden sollte, nicht von irgendwelchen Stümpern sinnentstellend übersetzt wird, sollte man seinen Abschied von der Welt in zumindest sechs bis acht der wichtigsten Sprachen hinterlassen. Aber warum sollte ausgerechnet ich berühmt werden? Ich bin doch ein Nichts.

Ich frage mich oft, ob überhaupt irgendjemand meinen Abschiedsbrief lesen wird. Wen sollte der schon interessieren? Wer wird den lesen? Irgendeine überarbeitete Polizeibeamtin, die man nur mit knapper Not als alphabetisiert bezeichnen kann? Aber wird die das Schreiben überhaupt verstehen? Es hat immerhin gute dreihundert Seiten. Ich habe ja versucht zu kürzen. Aber noch mehr kann ich beim besten Willen nicht streichen. Die Charakterisierungen der Figuren würden darunter leiden. Und es sind doch nicht zuletzt diese Figuren, deretwegen ich den Freitod wähle. Da ist Genauigkeit oberstes Gebot. Ich möchte sie auch nicht zu Karikaturen verzerren, schließlich habe ich einige von ihnen geliebt – wenn auch vergeblich. Andere sind enge Angehörige oder ehemalige Freunde, denen gegenüber ich mich zur fairen Darstellung verpflichtet fühle. Dass ich all diese Figuren einführen musste, wurde mir ziemlich schnell klar, sonst würde mein Abschiedsbrief bloß von mir handeln. Jeder Satz begänne mit »ich«. Das wäre eintönig, und mein Tod müsste dem Leser als selbstgefälliger Akt erscheinen. Was habe ich eigentlich dagegen? Ach, es ist eine bittere Ironie, dass nicht einmal ich selbst mir etwas nur zur Gefälligkeit zugestehen möchte. Wenigstens in dieser Hinsicht bin ich wie alle anderen.

Schon wieder bin ich versucht, den aktuellen Abschiedsbrief zu verwerfen, ihn den Flammen zu übergeben, so wie die Abschiedsbriefe davor, und noch einmal ganz von vorn anzufangen. Vielleicht sollte ich mehr mit meiner Vorstellungskraft arbeiten, mir mehr ausdenken. Wen kümmert schon die Wirklichkeit? Zumindest der Teil der Wirklichkeit, der mich enthält, der kümmert, wie ich ja weiß, nun wirklich niemanden. Also warum nicht phantasieren? Und Humor, Humor könnte ich verwenden in dem neuen, noch zu schreibenden Brief. Vielleicht könnte ich ein Lächeln, ach was: ein Lachen auf ein menschliches Gesicht zaubern, und sei es auch nur das einer überlasteten halbgebildeten Polizeibeamtin. Dadurch erhielte mein Tod und mithin auch mein Leben sogar nachträglich noch so etwas wie einen Sinn. »Sein Leben war ein ödes Jammertal, aber nach seinem Tod brachte er immerhin die Beamten vom Abschnitt 14 zum Schmunzeln.« So könnte es auf meinem Grabstein stehen. Andere müssen, um so ein Ergebnis zu erzielen, Schriftsteller werden. Die müssen sich abmühen und werden vielleicht trotzdem nie gedruckt. Mich braucht keiner zu drucken, ich brauche keine Veröffentlichung, ich brauche bloß einen genialen, einen perfekten Abschiedsbrief. Und wenn es nicht gelingt, kriege ich es wenigstens nicht mehr mit.

Ich habe natürlich auch überlegt, ganz ohne Scheidebrief aus der Welt zu gehen. Hat die Welt überhaupt eine Erklärung meines Ablebens verdient? Sie hat jedenfalls nie nach irgendeiner Erklärung verlangt, die mich betraf, in welchen Belangen auch immer. Sie hat mir nie zugehört. Und war sie denn überhaupt je verpflichtet dazu? Muss ich die Welt wirklich dazu zwingen, die Energie aufzuwenden, mich ein weiteres, wenn auch letztes Mal, zu ignorieren? Das wäre doch ein größenwahnsinniges Vorhaben. Andererseits hat sich mir die Welt so oft, eigentlich immer immer immer, mit ihrem Größenwahn, von dem ich auch nie etwas wissen wollte, aufgezwungen. Ich könnte es darauf ankommen lassen, einen letzten Kampf mit der Welt zu führen. Also doch einen Abschiedsbrief verfassen? Aber ich werde, das liegt in der Natur der Sache, wenn der Kampf nach meinem Tode beginnt, nicht als Überlebender aus ihm hervorgehen. Nicht als Sieger, höchstens als Held. Aber Held, das passt so wenig zu mir. Mein ganzes Leben würde ad absurdum geführt, läse jemand tatsächlich meinen Brief – und damit in der Konsequenz auch mein Freitod.

Man kann so viel falsch machen, bei der Selbsttötung, schon allein beim Verfassen der letzten erklärenden Worte. Das Beste scheint mir zu sein, man lebt einfach weiter. Aber ich kann mich in dieser Schlussfolgerung natürlich auch irren. Sicherheitshalber sollte ich einen weiteren Abschiedsbrief schreiben.

KÖNIG ALKOHOL SCHENKT WARZENSCHWEIN EINEN TAG

»N'schulljung, hasse ma ne Zij'rette? I b'sahl se ooch.« Warzenschwein, den die Leute Warzenschwein nannten, weil auf seiner Pennerglatze eine große Warze wucherte, roch so, wie er aussah. Er war nicht wirklich obdachlos. Trotzdem schlief er selten zu Hause, weil es da so dreckig war. Letzte Nacht hatte er im Automatenpavillon der Sparkasse Kastanienallee/Ecke Schönhauser geschlafen. Er war inzwischen munter geworden, aber nicht nüchtern.

Als ich den Automatenpavillon Kastanienallee/Ecke Schönhauser betrat, begann ich automatisch nach ein paar Münzen zu kramen, weil Warzenschwein so aussah und so roch, als ob er gleich nach ein paar Münzen fragen würde. Leute, die aussehen und riechen wie Warzenschwein, fragen, wenn sie einen ansprechen, entweder nach ein paar Münzen, oder sie bieten eine Obdachlosenzeitung an. Manchmal wollen sie auch Fahrscheine kontrollieren. Aber heute war es irgendwie anders als sonst. Warzenschwein hatte ein anderes Anliegen.

»N'schulljung, hasse ma ne Zij'rette? I b'sahl se ooch.«

»Nee, ich rauche nämlich nicht. Tut mir leid.«

Eine Pause ratlosen Schweigens. Wie zur Entschuldigung wies Warzenschwein auf sein Nachtlager hinter dem Kontoauszugsdrucker.

»Ick wade nua bis Konopke uw mach.« Vage zeigte er zu der Würstchenbude hinüber, die mit verbolzten Luken unter der Hochbahn ruhte. Das erklärte immerhin einiges. Zum Beispiel den Schlafsack. Konopke machte nämlich erst am Montag wieder auf. Am Montag, dem 1. März. Heute war Sonntag. Sonntag, der 29. Februar.

Ein Schalttag. Noch so eine Sache, die heute anders war als sonst. Wenn ich einen ganzen Tag warten müsste, bis eine Würstchenbude aufmacht, würde ich auch einen Schlafsack dabei haben wollen. Und wer weiß, wie lange Warzenschwein hier schon wartete. Konopke musste ja ein unglaublicher Kult sein. Da hatte ich wohl einiges verpasst. Jetzt warteten sie schon am Wochenende, dass er montags aufmachte. Ich habe ja auch mal dort gegessen. Pommes frites, die im Verlauf von fünf Minuten hart geworden sind wie Porzellan. Und eine Currywurst. Der Ketchup war vor der Wurst alle. Als ich die Soßenfrau um mehr bat, blickte sie sich verstohlen um, zwinkerte mir zu und sagte: »Sie haben Glück, der Chef ist gerade nicht da.« Dann machte sie mir einen Klecks Ketchup auf den Pappteller. Diese mutige Frau.

Irgendwann soll ja sogar mal der Gerhard Schröder bei Konopke gewesen sein. Wenn der erfährt, dass Typen wie Warzenschwein dort essen, gibt es gleich noch eine Reform der Sozialsysteme. Ich sehe schon die Schlagzeile in der BZ: »Schlemmen wie der Ex-Kanzler – Sozialschmarotzer verspottet uns alle!« Warzenschwein weiß gar nicht, was er anrichtet. Wäre er doch besser in Florida geblieben.

»I wade nua bis Konopke uw mach.«

»Na, da hast du dir ja was vorgenommen. Der macht erst am Montag auf.«

»Heude is do Monta.«

»Nee, heute ist Sonntag.«

»Wah?« Warzenschwein erschrak. »Heude is do nich Sonnda?«

»Doch heute ist Sonntag.«

»Oh Mann! Un wie speh isse? Glei wiehre, wa?«

»Nee, es ist halb zehn.«

»Wah?« Warzenschwein fasste sich an die Warze. »Un i ha mia scho jewunda, wa'um so wrüh hell wü'd.«

So war das also. Warzenschwein hatte gar nicht vorgehabt, einen ganzen Tag vor dem Konopke-Imbiss zu warten. Ihm war bloß der Sonntag dazwischengekommen. Mit dem hatte er nicht gerechnet. Plötzlich und unerwartet – König Alkohol schenkte Warzenschwein einen Tag.

So ein Geschenk, das wusste er zu nutzen. Er packte seine Sachen und eilte nach Hause. Pfui Teufel. Warzenschwein riss die

Fenster auf. Hier sah wirklich gar nichts heimelig oder gar einladend aus, aber immerhin funktionierte sie noch, die alte Ahlbeck-Duschkabine. Während der Boiler heizte, kramte Warzenschwein einen abgeschabten Lederkoffer hervor, der auf einem Schrank verstaubte. Der Koffer beherbergte saubere Unterwäsche, Socken, Hemden, einen altmodischen, aber eleganten Anzug, ein Paar Budapester Schuhe, eine Krawatte und ein Necessaire mit Rasierzeug, Westseife und einem Herrenparfum. Außerdem eine Krokodillederbrieftasche, die enthielt gutes Geld. Eine dreiviertel Stunde später war Warzenschwein nicht wiederzuerkennen, ein feiner Herr in feinem Zwirn.

Aufmerksam studierte Herr Warzenschwein die kulturellen Angebote in der Zeitung, während er die Kellnerin nach einem weiteren Latte macchiato schickte. Ja, so würde er es machen: Den Nachmittag würde er in einem Museum verbringen, sich danach einen Film ansehen und am späteren Abend ein Essen im Stadtzentrum genießen, im Anschluss ein Jazzkonzert besuchen und den Tag mit einem Glas Whiskey und einer guten Zigarre ausklingen lassen.

Das war aber auch ein feiner Tag! Weder das beschissene Wetter noch die beschissenen BVG-Kontrolleure schafften es, ihn, Herrn Warzenschwein, zu vergrätzen. Und er lernte sogar noch eine Dame in seinem Alter kennen, Roswitha, die er Rosi nennen durfte, und die es faustdick hinter den Ohren hatte. So klang der Tag etwas anders aus, als Herr Warzenschwein es sich vorgestellt hatte, aber keineswegs schlechter.

Am Montag verwandelte sich Herr Warzenschwein wieder in Warzenschwein, den Penner, zurück. Denn jetzt hatte auch Konopke wieder auf. Warzenschwein sammelte übrig gebliebene halbe Brötchen ein und fraß sie mit Ketchupresten und gelegentlich übrig gelassener Wurst. Manchen Leuten ging es tatsächlich so gut, dass sie Wurst übrig ließen. Wenn das der Ex-Kanzler wüsste. Es ging einigen immer noch viel zu gut.

»N'schulljung, hasse ma ne Zij'rette? I b'sahl se ooch.« Nichts erinnerte mehr daran, dass Warzenschwein von König Alkohol einen Tag geschenkt bekommen hatte. Und doch: So ist es gewesen.

Aber uns allen ist ja ebenfalls ein Tag geschenkt worden. Derselbe Tag. Der 29. Februar. Der Schalttag. Wer nichts von König

Alkohol bekommt, den beschenkt immerhin noch der Gregorianische Kalender. So haben wir alle vier Jahre einmal die Gelegenheit, an einem zusätzlichen geschenkten Tag einmal das zu tun, was Warzenschwein tat, nämlich einmal ein anderer zu sein oder eine andere. Einmal etwas anderes zu machen, als das, was wir an jedem beliebigen anderen Tag im Jahr machen. Einmal zu zeigen, wie es wäre, wenn sich alles im Leben ganz anders abgespielt hätte.

Also, es ist bald wieder so weit. Ihr wisst, was ihr zu tun habt!

CALLBOY FÜR EINEN TAG

Im Radio läuft gerade das Lied von »Kacki, dem kleinen Hund«. Kevin singt beim Refrain gut gelaunt mit. »Ki-ka-kacki, kacki-kacki-kack.« Kevin ist ein netter junger Mann. Er sieht gut aus und hat Charme. Ein Traumtyp, schlank, brünett, gepflegt. Der Vierundzwanzigjährige ist Prostituierter. Seine Kundschaft ist weiblich. Jeden Tag kommen Frauen zu ihm. Sie interessiert nur das eine. Kevins Körper. Der wirkt wie dafür geschaffen, für den täglichen Dienst an der Dame. Ich dagegen tue so etwas zum ersten Mal. Einen Tag lang Callboy, in Deutschlands erstem Eros-Center für Frauen. Und wahrscheinlich tue ich es auch zum letzten Mal.

Als Journalist ist es mein Job, lebensnah zu recherchieren. Wissen, wovon man schreibt. Erleben, was man berichtet. Ein richtiger Journalist, einer wie ich, der denkt sich nichts aus. Das ist mein Berufsethos. In der Redaktion gab es im Vorfeld natürlich die üblichen Scherze. Natürlich. Aber jetzt ist mir doch etwas mulmig. Ich werde Sex haben, mit Frauen, die ich gar nicht kenne, die ich gar nicht angesprochen habe, die mir vielleicht gar nicht gefallen. Frauen, die vielleicht verheiratet sind und Kinder haben. Frauen, deren Partner und – wer weiß – Partnerinnen nicht mal ahnen, dass sie hintergangen werden, betrogen mit mir. Ein ungewohnter Gedanke. Auch, dass ich mich verkaufen werde, meinen Körper, für Geld, ist ein ungewohnter Gedanke.

Kevin macht sich solche Gedanken schon längst nicht mehr. Er verkauft sich jeden Tag außer sonntags. Ich verkaufe mich nur heute. Nur für einen Tag. Für diesen einen Tag ist Kevin mein Beschützer. Er dreht das Radio leiser. Er erzählt mir, worauf ich unbedingt achten muss bei der Arbeit. Körperhygiene, darauf legen die Kundinnen großen Wert. Und die Kundinnen sind Königinnen. Alles am Mann muss sauber sein, und nicht bloß so riechen. Also wird gewaschen, gebadet und geduscht, und das mehrmals täglich. Aber das ist für viele andere Anfänger auch schwer, beruhigt mich Kevin. Das nächste Problem: Was zieht man an, als Callboy? Das hängt vom Typ ab: leger, elegant oder sportlich. Kevin trägt einen Businessanzug mit Krawatte. Die Zeiten, wo ungepflegte Männer mit Bademänteln und Pantoffeln im Kontaktbereich des Eros-Centers herumgestanden haben, sind entweder vorbei, oder es hat sie nie gegeben. Frauen verlangen Qualität für ihr Geld. Dieses Geld fließt allerdings immer spärlicher. Hartz V steckt den Deutschen noch in den Knochen, da hält frau das Geld zusammen. Und das, wo genau dieses Reformwerk es schafft, immer mehr Männer für die Prostitution zu gewinnen. So wie Kevin, der eigentlich mal, da müssen wir beide lachen, der eigentlich mal Journalist werden wollte. Ich wähle auch einen Anzug und lasse mir von Kevin beim Krawattenknoten helfen.

Gummi ist wichtig, werde ich belehrt. Nie ohne Gummi. Wer ohne Kondome arbeitet, der kann es gleich für umsonst machen und der Kundin noch die Geldbörse mitgeben. Ob er eines Tages vielleicht doch Kinder haben will, frage ich Kevin, Kinder und eine Frau? Er zuckt mit den Schultern. Eine Familie verträgt sich schlecht mit diesem Beruf. Manche Jungs haben noch solche Flausen im Kopf, erzählt er, dass sie bei der Arbeit auf dem Strich die Frau fürs Leben kennenlernen. Eine, die gut verdient, eine mit Haus und Auto, eine, die sie rausholen kann. So eine gibt es nicht, sagt Kevin. Wer auf so was wartet, der ist unprofessionell.

Eine halbe Stunde später habe ich eine Kundin. Jetzt wird es ernst. Wir gehen aufs Zimmer. Sie sieht normal aus, bestürzend normal. Durchschnittlich. Keine Frau, die sonst niemanden abkriegen würde. Ich werde sie nicht fragen, wovon sie lebt, wie oft sie herkommt, was ihr zu Hause fehlt. Das musste ich versprechen. Wer im Puff arbeitet, hält sich an die Regeln. Heute bin ich nicht Journalist, heute bin ich Dienstleister. Volles Programm: 150. Hand: 50. Mund: 80. Anal: 200. Millionärin ist sie jedenfalls nicht. Sie wählt Mund für 80, also blasen. Gut, dass ich geduscht habe. Sie legt den Mantel ab, knöpft ihre Bluse auf. Bett oder Sessel?, frage ich. Keine Ahnung, ob es so klingt, als fragte ich so etwas jeden Tag. Sessel ist okay, sagt sie. Ich öffne die Hose. Sie kniet sich vor mich hin und beginnt. Nach zehn Minuten ist es vorbei. Ich reinige mich. Sie spült sich den Mund aus. Sie geht, so hoffe ich wenigstens, zufrieden. Ich habe 80 Euro verdient. Ich horche in mich hinein. Mir geht es eigentlich ziemlich gut. Müsste ich mich jetzt nicht schlecht fühlen? Benutzt? Und wenn wir uns zufällig mal irgendwo treffen sollten? Müsste ich Angst davor haben, dass sie mich erkennt? Aber eigentlich fühle ich mich bloß wie ein Typ, dem gerade einer geblasen wurde. Nicht mehr und nicht weniger.

Kevin klopft an die Tür und erkundigt sich, wie es gelaufen ist. Dann stoßen wir an, auf meine erste Kundin, mit Riesling Jahrgangssekt. Ich verstehe ein bisschen besser, wie Kevin diesen Job aushält.

Die nächste Kundin holt mir einen runter und lässt sich das 50 Euro kosten. Danach ist nicht mehr viel los. Kein bombiger Tag, in Deutschlands erstem Eros-Center für Frauen. Mir reicht es. Morgen komme ich nicht wieder, nicht so wie Kevin, nicht so wie die anderen. Morgen bin ich wieder in der Redaktion. Zum Abschied trinke ich mit den Jungs noch das eine oder andere Gläschen Sekt. Als im Radio das Lied von »Kacki, dem kleinen Hund« gespielt wird, singen wir alle mit. »Ki-ka-kacki, kacki-kacki-kack.«

WIE UNS DER PLATTENBAU REICH MACHTE

Ein Mal, ein einziges Mal hatte eine der abenteuerlichen Unternehmungen, in die ich im Windschatten von Maik hineinsegelte, einem Schulfreund aus Kindertagen, einen Erfolg, einen nicht unbeträchtlichen finanziellen Erfolg. Wir verdienten uns dumm und dusselig. Da waren wir allerdings schon älter, eigentlich keine Kinder mehr, und die DDR war gerade untergegangen. Wir kreuzten auf den Wogen der Marktwirtschaft und entdeckten unser persönliches Eldorado. Es war hart, es war anstrengend, es hat mir eine Sehnenscheidenentzündung eingebracht – aber es hat sich ausgezahlt.

Wie gesagt, die DDR war ziemlich plötzlich jüngere und jüngste Geschichte und die Berliner Mauer genauso plötzlich ein Steinbruch für hämmernde Souvenirjäger. Vielen Menschen reichte das Begrüßungsgeld, aber wir wollten mehr. Also probierten wir auch eine ganze Menge mehr aus.

Wir boten Stadtführungen an und präsentierten mal amerikanischen, mal japanischen und mal schwäbischen Touristen den Stacheldraht einer Hohenschönhausener Radieschengärtnerei als Todesstreifen. Wir kostümierten uns als Grenzsoldaten und ließen uns gegen Geld vor dem Brandenburger Tor ablichten. Wir verkauften Hotdogs und erfanden die Legende, so etwas hätte es auch in der DDR gegeben, aber dort Ketwurst geheißen. Wir verkauften Hamburger und erfanden die Legende, so etwas hätte es in der DDR auch gegeben und dort Grilletta geheißen. Wir verkauften Schultheiss und erfanden die Legende, so etwas hätte es auch in der DDR gegeben, nur hätte es dort Berliner Pilsener geheißen. Die Leute glaubten uns einfach alles. Viele glauben diese Legenden wahrscheinlich bis heute. Wir witterten ein Geschäft in den Mauerbröckchen, die fleißige Spinner mühsam vom ehemaligen antiimperialistischen Schutzwall abhämmerten. Wir verliehen auch Hämmer an Touristen, aber die waren meist zu faul und wollten lieber fertiges Material kaufen. Es ging nicht anders, wir mussten selber Mauerstückchen klopfen gehen. Dummerweise war zu diesem Zeitpunkt kaum noch etwas von der Mauer vorhanden. Was nicht weggepickt worden war, wurde abgerissen. Maik hatte die rettende Idee. Wozu brauchten wir denn eigentlich die Mauer? Wir wohnten doch schließlich in Hohenschönhausen – im Plattenbau. In jeder Menge erstklassigen Betons, und das auch noch mit Fernheizung und Durchreiche und Mutti. So gute Arbeitsbedingungen gab es doch da draußen nirgends. Leider hingen Maiks Eltern an ihren Tapeten. Meine Eltern hingen an den Tapeten meiner Eltern. Aber es gab ja noch die Wohnung der dicken Kerstin. Ihr Vater lebte im Westen, die BRD hatte ihn aus Bautzen freigekauft, und er war drüben als Liedermacher erfolgreich geworden. Ihre Mutter war im Trinkerheim. Besser konnte es gar nicht kommen. In jeder wachen Minute standen, knieten und hockten wir in Kerstins Wohnung und hämmerten. Vorher hatten wir natürlich alles bunt angesprüht. Es war hart, es war anstrengend, es hat mir eine Sehnenscheidenentzündung eingebracht, aber es hat sich ausgezahlt. Die dicke Kerstin war zuerst von dem Geklopfe genervt. Sie suchte sich einen eigenen Job, im Westen, den sie aber bald wieder aufgab, denn er war hart, er war anstrengend, er hat ihr eine Scheidenentzündung eingebracht und sich nicht einmal ausgezahlt. Von da ab machte sie bei uns mit, und wir waren zu dritt. Wir klopften sogar die Decke ab. Ich schätze, wir produzierten sechzig bis siebzig Prozent aller Mauerbröckchen, die von Touristen aus aller Welt gekauft wurden und heute unzählige Kaminsimse schmücken dürften. Wir verdienten uns dumm und dusselig.

Von uns aus hätte es ewig so weitergehen können. Mittlerweile standen viele Wohnungen in unserem Plattenbau leer. So viel guter Beton, der noch zu hämmern gewesen wäre. Aber dann entdeckten auch andere den Wert dieser Immobilie und nahmen uns unseren Rohstoff. Unser Wohnblock wurde saniert. Ich zog um, in einen anderen Stadtteil, und verlor Maik und die dicke Kerstin aus den Augen. Vorläufig.

WAS ICH HEUTE MACHEN WÜRDE, WENN ICH NICHT SCHRIFTSTELLER GEWORDEN WÄRE – TEIL 8: SCHWARZSEHEREI

Ich bin ein altes Familienunternehmen. Ich bin Pessimist, so wie mein Vater und mein Großvater vor mir und wie deren Väter und Großväter vor ihnen. Eigentlich müsste ich jetzt etwas Negatives von mir geben, etwas deprimierend Hoffnungsloses, eine niederschmetternde Prognose, eine finstere Prophezeiung. Aber seien wir doch mal ehrlich: Genau das haben schon Unzählige vor mir besser, zutreffender und eindrücklicher getan. Ich bin im Vergleich zu den großen Schwarzmalern der Weltgeschichte bloß ein stümperhafter Kopist. Das macht mich richtig fertig. Ich glaube auch nicht, dass sich das noch mal ändern wird. Was soll ich denn bitteschön Neues beitragen?

Ich bin nun mal kein neuer Schopenhauer, kein Spengler, kann weder Horkheimer das Wasser reichen noch Adorno oder Marcuse. Das muss ich auch nicht, habe ich immer gedacht. Aber die Öffentlichkeit misst einen eben immer an den ganz Großen.

Eigentlich war es eine blöde Idee, Pessimist zu werden. Meine Familie hatte das keineswegs von mir erwartet. Aber ich fand es als junger Mensch attraktiv, den Miesmacher zu mimen. Wahrscheinlich hoffte ich in irgendeinem, mich heute geradezu anekelnden Wahn, damit Mädchen zu beeindrucken. »Sind Sie wirklich Schwarzseher?«, fragten die, und: »Fällt Ihnen denn da immer etwas Neues ein?« »Auf Dauer sicher nicht«, antwortete ich resignierend und – wie ich heute weiß – korrekt auf die Fragen der Frauen. Natürlich war das alles vergebens. Ich lernte natürlich nie die eine fürs Leben kennen, nicht mal eine für den Sex, aber das warf mich nicht aus der Bahn, irgendwie hatte ich das vorher schon gewusst.

Ich habe lange versucht, einfach bloß mein Ding zu machen. Das hat mir den Ruf eines Tresendefätisten eingebracht, der immer bloß über den Alltag nörgelt. Das stimmt zwar so nicht, aber wenn ich zum Beispiel mal eine Einschätzung über das Weltall abgebe, dann beachtet das einfach keiner. Ich kann machen, was ich will, ich bleibe für die Szene ein Alltagspessimist. Das geht bis hin zu dem Vorwurf, das sei gar kein richtiger Pessimismus, was ich mache.

Und alle, alle sind sie auf der Suche nach dem neuen Star am Himmel der Schwarzseherei. Alle erwarten die Ankunft einer Art Messias, der uns für immer jegliche Hoffnung nimmt. Der wird aber nicht kommen. Weil alle anderen nämlich auch nicht besser sind als ich. Mein Gott, was soll so einer denn behaupten? Wir werden alle sterben? Na toll, mit so was wäre er der Erste, glaube ich. Die Welt geht unter? Aber sicher.

Wissen Sie, was ich denke? Ich denke, die großen alten Genies der Untergangsstimmung, die haben auch nur mit Wasser gekocht. Die werden alle hoffnungslos überschätzt. Die Welt existiert doch noch. Und ich behaupte sogar: Früher war gar nicht alles besser. Ja, ich weiß, das klingt wie der Neid von jemandem, der es selber nicht geschafft hat, eine originelle und zugleich zutreffende schlechte Prognose zu formulieren. Na und? Mich kotzt der Job sowieso an. Mich kotzen Pessimisten an. Ich hasse die alle. Die können doch auch nichts. Bin ich eben ein Nestbeschmutzer, na und? Bei den zeitgenössischen Schwarzsehern ist keiner dabei, der irgendwelche auch nur halbwegs guten oder neuen Ideen hat. Heute ist jeder ein Plagiator, ob er will oder nicht, und das wird auch so bleiben.

Früher, da gab es noch Könner. Einer der ganz großen war mein Vater. Er hat so oft recht behalten, mit seinen finsteren Vorhersagen. Eine betraf mich. Er sagte einmal über mich: »Der Junge wird es nie zu etwas bringen. Aus dem wird nichts, jedenfalls kein echter Pessimist.« Und er hat recht behalten. Für meine Zukunft als Pessimist sehe ich jedenfalls kohlrabenschwarz.

IMBISS WIE DAMALS

»Imbiss wie damals«, was für ein bescheuerter Name. Ich ging sofort über die Straße und guckte, was es dort so gab. Es gab Ketwurst, Grilletta und Krusta, also die DDR-Pendants zu Hot Dog, Burger und Pizza, sowie Ostschrippen, die mit Ostsalaten belegt waren. Diese Gemenge aus Ketchup, sauren Gurken und Wurstzipfeln. Oh Mann, mir wurde schon bei der Erinnerung daran schlecht. Ich holte mir eines von jeder Sorte. Es schmeckte original. Das stand ja auch auf einem der vielen Reklameschilder, die den »Imbiss wie damals« schmückten: »Schmeckt original!« Sie logen einem jedenfalls nichts vor. Sie priesen ihre Produkte nicht mit unhaltbaren Aussagen an, wie »Köstlich!« oder »Lecker und vital«. Es handelte sich sozusagen um objektive Erinnerungsarbeit, ohne zu beschönigen und zu verklären. Es gab sogar das olle Geschirr von damals. Und es war voll. Die meisten Gäste waren Touristen aus dem Ausland, aber auch viele Ureinwohner waren dabei. Wahrscheinlich gab es das sonst nirgends auf der Welt, dass mit einem Staat auch dessen Imbisserzeugnisse vom Antlitz der Erde verschwanden. Wahrscheinlich würde es das auch nicht noch einmal geben. Wenn sich eines Tages Nord- und Südkorea vereinigten, glaube ich kaum, dass sich die nordkoreanische Imbisskultur zur Touristenattraktion ausbauen ließe. Aber man weiß ja nie, von der ostdeutschen hätte man das sicher auch nicht erwartet. Wahrscheinlich glauben heute viele, dass es damals geschmeckt habe, weil sie sich an die Schlangen erinnern. Angestellt hat man sich doch nur nach was Gutem, oder?

Beim Bäcker gab es damals eigentlich immer eine Schlange. Aber niemand wäre auf die Idee gekommen, das für einen Beweis der Überlegenheit der Ostschrippe zu halten. Nicht mal meine Staatsbürgerkundelehrerin. Nicht einmal der schwarze Ed. Ostschrippen wurden erst nach der Wiedervereinigung beliebt.

Im »Imbiss wie damals« schien die Ketwurst beliebt zu sein. Ketwurst, ein komischer Name. Hot Dog klang der Plankommission, die sich das ausgedacht hatte, wohl zu angloamerikanisch. Ost und West waren ja wie Hund und Katze, oder auf Englisch: dog und cat. Cat wurde ja Ket ausgesprochen, darum musste das Gegenstück zum Hot Dog logischerweise Ketwurst heißen. Hamburger und Pizza waren wohl zu westeuropäisch und wurden deshalb Grilletta und Krusta getauft. Wenn die DDR nicht untergegangen wäre, dann gäbe es heute bestimmt auch Döner. Zwiebeln und Rotkohl waren keine Mangelware. Irgendeinen verrückten Namen hätten sie sich ausgedacht und es als Import aus der Turkmenischen Sozialistischen Sowjetrepublik hingestellt. Zum Beispiel Druschba-Kebap.

Sie hätten das Brötchen mit der Bockwurst drin auch als ursprünglich vietnamesische Erfindung hinstellen können. Im Original mit Hundefleisch, daher die Bezeichnung Hot Dog. Und die Amis hätten dieses Rezept im Vietnamkrieg gestohlen, nach den USA verschleppt und dort Millionen damit gemacht. Aus Solidarität mit dem Volke Vietnams hätte man es in der DDR »Ho Dog« nennen können. Es wäre auch nur eine Legende gewesen, aber Ketwurst, was sollte man sich darunter vorstellen? Trotzdem gab es immer Schlangen, dort wo sie verkauft wurde.

Es gab Schlangen bei Ketwurst und beim Bäcker und bei Grilletta und auch bei Krusta. Und nun gab es sogar hier vor dem »Imbiss wir damals« eine kleine Schlange. Wie damals eben. Es schmeckte ja auch wie damals. »Wie se det hinjekricht ham?«, fragten vereinzelte Einheimische ungläubig.

Zu meiner Verblüffung war der Chef des »Imbiss wie damals« ein ehemaliger Schulkamerad von mir. Mirko, der eigentlich immer Physiker werden wollte. Ich glaube, mal gehört zu haben, dass er nach der Wiedervereinigung sogar ein wenig studiert hatte. Es war wie in dem Witz: Was sagt ein Student ohne Abschluss zu einem mit? Einmal Pommes bitte!

Mirko erkannte mich auch. Wir waren so was wie Freunde gewesen, damals in der Schule. Seit zwanzig Jahren hatten wir uns nicht mehr gesehen, also verabredeten uns für den nächsten

Abend in einer Kneipe, wo es Latte macchiato gab und Beck's. Und viel Zeit zum Reden.

»Ja, ich hab dann Physik studiert«, erzählte er, »Abitur nachgemacht, Physik studiert, nebenbei immer in einer Imbissbude gejobbt. Na ja. Ich war gut, ich bin immer noch gut, aber ich gelte in Fachkreisen als Spinner.«

Das konnte ich mir gut vorstellen. Er galt schon damals in unserer Klasse als Spinner, glaubte an den Sieg des Kommunismus. Dafür wollte er kämpfen, hatte er immer gesagt.

»Das sind alles Idioten! Alles Idioten!«

Er steigerte sich richtig hinein. Er hatte als Physiker keinen Job bekommen wegen seiner bizarren Theorien.

»Vor allem wegen meiner Arbeiten zur Zeitmaschine, das wollte mir niemand abnehmen. Alles Idioten! Alles Idioten! Aber jetzt habe ich den Imbiss. Ich kann nicht klagen, das Geschäft läuft. Aberdutzende von Leuten sind für mich unterwegs. Schlange stehen, Essen holen, schmutziges Geschirr zurückbringen ...«

Es dauerte eine Weile, bis bei mir der Groschen fiel. »Sagtest du – Zeitmaschine?«

»Ja, Zeitmaschine.«

Mirko hatte, wie er berichtete, tatsächlich eine Zeitmaschine gebaut. Und mit der reisten seine Angestellten in die Vergangenheit, in die DDR, stellten sich an Schlangen an, holten Ketwurst und Ostschrippen und brachten das schmutzige Geschirr zurück.

»Aber woher hast du das ganze Ostgeld?«

»Na ich bin mit D-Mark in die Vergangenheit gereist und habe auf dem Schwarzmarkt DDR-Geld eingetauscht. Das reicht ewig. Ich habe es 1985 in einem Versteck deponiert. Außerdem ist es ja immer verfügbar, wenn man zurückreist. Viel schwieriger war es, an D-Mark heranzukommen. Ich konnte ja nicht nach 2001 zurückreisen und versuchen, schwarz Euro zu verscherbeln.«

Ich war platt. Wenn es stimmte, was Mirko erzählte, dann hatte es im Osten damals die ganzen Schlangen nur gegeben, weil lauter Zeitreisende sich in seinem Auftrag angestellt hatten!

»Aber damals haben doch noch viel, viel mehr Leute angestanden!«

»Tja, ich werde eben in den nächsten Monaten und Jahren lauter Filialen von ›Imbiss wie damals‹ aufmachen, werde expandieren und viel mehr Zeitreisende einstellen. Das ist die einzig logische Erklärung.«

»Verstehe! Und weil es damals so lange Schlangen gab, aufgrund deiner Mitarbeiter von heute, haben die Menschen positive oder zumindest intensive Erinnerungen an das Essen von damals, weswegen sie es heute noch einmal erleben möchten, und deshalb werden deine Leute überhaupt erst losgeschickt.«

»Du hast es kapiert«, Mirko strahlte mich an.

Ich weiß rückblickend nicht, ob ich ihm das Ganze glauben oder mich verschaukelt fühlen soll. Aber es könnte alles stimmen. Es gab damals in der DDR Leute, die auf dem Schwarzmarkt Westgegen Ostgeld getauscht haben, völlig unverständlich eigentlich, warum sie das taten, anstatt es selber auszugeben. Es gab auch später, kurz vor der Einführung des Euro, rätselhafte Geldgeschäfte mit günstig angebotenen Euronoten, die eigentlich noch gar nicht im Umlauf hätten sein dürfen. Vor Trickbetrügern wurde damals gewarnt, obwohl keiner wusste, was der Trick sein sollte.

Aber vielleicht war das alles auch nur Quatsch, und Mirko hatte mich veralbert. Er hatte einfach als arbeitsloser Physiker im Westen einen Imbiss eröffnet. Und weil er ein überzeugter Kommunist war, wurde das eben ein Ostschrippen-Imbiss.

Allerdings ist Mirko einer, der schon immer für den Sieg des Kommunismus kämpfen wollte. Und falls er wirklich im Besitz einer Zeitmaschine ist … Ich weiß nicht genau, welche Möglichkeiten ihm das eröffnet. Aber ich bin beunruhigt.

WARUM?

Was sind das für Frauen, die zu so etwas fähig sind, fragt man sich unwillkürlich angesichts des neuesten Falles von gefährlicher Vernachlässigung, der sich am letzten Wochenende in Berlin ereignete. Wie erst jetzt bekannt wurde, befreite die Polizei am Sonntag gegen Mittag in Pankow aus einer Hochparterrewohnung einen kurz vor dem Verdursten stehenden siebenunddreißigjährigen Mann. Er war schlecht ernährt und hatte keine sauberen Sachen. Nachbarn hatten die Ordnungshüter alarmiert, da ihnen im Treppenhaus der Geruch aufgefallen war. Die Lebensgefährtin des Mannes, der sich selbst als Schriftsteller und Künstler bezeichnet, war am Morgen für ein paar Stunden mit den Kindern an einen See gefahren. In der Wohnung fanden die Mitarbeiter der Polizei keine altersgerechten Getränke. »Nur Wasser, Tee und Säfte, so was habe ich noch nie gesehen«, so der noch sichtlich mitgenommene Wachtmeister Schlibrowski. Er und seine Kollegen erleben so einiges, aber in jener Wohnung fanden sie nicht einmal genügend Nahrung für eine einzige Männermahlzeit. Nur Müsli, Milchprodukte und Rohstoffe wie Kartoffeln, Reis oder Eier, die vor dem Verzehr erst noch verarbeitet und zubereitet werden mussten, fanden sich in der Küche. Die Regale der Wohnung quollen über von soziologischer und kulturwissenschaftlicher Fachliteratur. Aber es fand sich keine einzige Männer-, Auto- oder Fußballzeitschrift. Auch kein Fernsehgerät. Die Beamten brachten den Mann in einer Kriseneinrichtung der gastronomischen Hilfe unter, dem »Bräustübel« in der Kuglerstraße. Der Leiter der Einrichtung päppelte den Mann persönlich mühsam über Stunden mit Molle und Korn wieder auf. Mitarbeiter des zuständigen

Pizzaservice verteilten Notrufnummern in der Nachbarschaft. »Warum«, fragten einige, »warum erst jetzt?« »Isse so traurisch«, sagte Guglielmo, der Chef des Pizzadienstes, der eigentlich Achmed heißt, »rufe erst an, die Leute, wenn isse zu schpät. Oder gar nischt.«

Oftmals sind Männer, die Opfer dieser Form von Vernachlässigung werden, schlicht und einfach nicht in der Lage, selbst um Hilfe zu bitten. Spätestens seit sich schnurlose Telefone in den Haushalten allgemein durchgesetzt haben, wissen oft nur noch die Frauen, wo in der Wohnung sich diese Telefone befinden. Dass sich Fälle wie der geschilderte häufen, bestätigt auch Chantal Schünemann. Sie leitet ein Krisentelefon mit 0900-Nummer. Junge Frauen seien mit der Haltung und Pflege eines Mannes schnell überfordert. Der zuerst possierlich wirkende Mann werde leicht zu einer Belastung, wenn er nach der Balz seine typischen Verhaltensweisen der Sesshaftigkeit ausbilde. Spätestens wenn die ersten Kinder da seien, bleibe den Frauen neben ihrer Berufstätigkeit kaum noch Zeit für den Mann. Böse Absicht sei es eigentlich so gut wie nie, die Frauen dazu bewege, ihren Mann alleine zu Hause zu lassen. Aber Fälle wie der oben geschilderte aus Pankow erschüttern auch Chantal Schünemann. »Der Ärmste hat bloß noch neunzig Kilo gewogen«, sie schüttelt fassungslos den Kopf.

Dem jungen Schriftsteller geht es glücklicherweise den Umständen entsprechend gut. Aber das Entsetzen bleibt. Nachbarn und Anwohner stellten Flachmänner und Sechserträger unter dem Balkon des Opfers auf und entzündeten Kerzen. Auf einem handgeschriebenen Zettel steht die Frage »Warum?«. Sie bewegt hier alle.

Die Lebensgefährtin des Mannes wollte am späten Nachmittag vom See zurück sein. Na, die wird Augen machen!

FLEISCHMOPS

Ich hetze die Treppen noch mal hoch, denn ich habe vergessen, die Zeitung einzustecken, die Berliner. Zeitung ist ja wichtig, wenn man aus dem Haus geht. Ich abonniere die nur noch, damit ich ungeschoren davon komme, auf der Schönhauser Allee. Da wird man immer gefragt, ob man die Berliner mal kostenlos probelesen möchte. »Ich habe schon ein Abo«, habe ich immer gelogen. Aber neuerdings reicht die Beteuerung nicht mehr aus. »Das kann ja jeder sagen. Los, zeigen!« Also habe ich jetzt immer eine Berliner zum Vorzeigen dabei. Und wenn ich die vergesse, springe ich schnell noch mal die Treppen hoch. Ich habe die extra dafür abonniert, um was zum Vorzeigen zu haben und nichts abonnieren zu müssen. War so ein kostenloses Probeabo.

Dank meiner Vorzeigezeitung komme ich jetzt wieder relativ zügig zu McDonald's. Ich bin der einzige Kunde. Was steht denn in der Zeitung?

Die Robbenjagd fordert erste Menschenopfer. Mehrere Robbenjäger hat es erwischt. Na ja, denke ich, da wird es wohl zu Verwechslungen gekommen sein. Die Japaner werden ja auch immer fetter. Liegt am Fastfood. Wenn da so ein pummeliges Schlitzauge im Pelzmantel mit 'nem Eispickel durch die Arktis robbt, wird es schnell mal zum Opfer der Kollegen.

Aber ich irre mich, es geht um Kanadier, und deren Schiff ist untergegluckert. Stimmt, ja, Japaner waren ja die mit den Walen, die jagen ja Wale, um den Fischbedarf für ihr Sushi zu decken. Das mit den Robben sind die Kanadier. Warum gibt es eigentlich so wenig antikanadische Propaganda?

Was steht denn noch in der Zeitung?

Der Chef vom Tierpark hat Kätzchen das Genick gebrochen und nicht mal ein schlechtes Gewissen. Warum tut er so was? Das ist doch, als ob jetzt der Filialleiter von McDonald's reinkommen und mir das Genick brechen würde. Aber warum sollte der so was tun?

Was steht denn noch in der Zeitung?

In Berlin haben 1.500 Jugendliche bei McDonald's 10.354 Hamburger bestellt. Diese Aktionsform nennt sich Flashmob, zu Deutsch Fleischmops. Ist das der Aufstand der vollgefressenen Wohlstandskinder, die auch mal was unternehmen wollen, aber denen Komasaufen dann doch irgendwie zu gefährlich ist? Und die dann lieber Burger essen, denn das sieht Mutti auch nicht gern?

Ganz so ist es nicht. Es gibt eine bundesweit agierende Jugendgruppe, die es sich zur Aufgabe gemacht hat, McDonald's-Filialen mit Massenbestellungen an die Grenze ihrer Leistungsfähigkeit zu bringen. Aus Spaß, wie es heißt: »Es ist doch lustig, die verdutzten Gesichter der Mitarbeiter zu sehen.«

In der Gruppe ist das nun wahrlich kein Kunststück. Ja, wenn ein Einzelner so viele Burger bestellt hätte. Ach was, dazu muss der Einzelne nicht mal zehntausend Burger bestellen. Ich selber habe mit eigenen Augen die verdutzten Gesichter der Mitarbeiter gesehen, als Uli Hannemann im Restaurant »Kürbis« sein viertes Wiener Schnitzel hintereinander bestellt und gegessen hat. Ein Teufelskerl, dieser Uli.

In meiner ehemaligen Stammkneipe war die Grenze der Leistungsfähigkeit übrigens schon erreicht, wenn vier Leute gleichzeitig einen Jägermeister bestellt haben. Und in der Gaststätte »Zur Schildkröte« ist das immer passiert, wenn man etwas zu essen bestellt hat, egal was.

Aber warum macht man so was überhaupt? Warum bringt man Bewirtungsbetriebe an die Grenze ihrer Leistungsfähigkeit? Vielleicht wollte diese Jugendgruppe ja eine Art Lawine auslösen, so wie wenn plötzlich viele Kunden einer Bank gleichzeitig ihr Geld abheben, und das Geld bei der betroffenen Bank dadurch knapp wird, weswegen alle anderen Kunden, die davon erfahren, ebenfalls ihr Geld abheben und so weiter. Am Schluss ist die Bank bankrott, die Volkswirtschaft bricht zusammen, und ein faschistisches Regime übernimmt die Macht. Das kann doch keiner wollen.

Dann schon lieber Panikkäufe bei McDonald's auslösen, bis die Burger knapp werden. Alle, die davon erfahren, kaufen auch schnell noch so viele Burger wie möglich, anschließend brechen sie zusammen, also gemeinsam, McDonald's ist bankrott, und Restaurants, die Wiener Schnitzel anbieten, übernehmen die Macht. Das muss doch jeder wollen. Vielleicht stecken Globalisierungskritiker hinter diesem Fleischmops.

Ich war ja auch mal Teil einer Jugendbewegung. Als ich noch jung war, seinerzeit. Da haben wir Massenbestellungen aufgegeben, und zwar jeder eine, für je einen Trabant. Daraufhin wurden die Trabantanmeldungen knapp, die volkseigene Wirtschaft brach zusammen und der freie Markt übernahm die Wirtschaft.

Was steht denn noch in der Zeitung? Egal, aufgegessen der Hamburger. Ich gehe raus auf die Schönhauser und stelle mich mit der Zeitung winkend Passanten in den Weg. »Wollen Sie mal kostenlos probelesen?«

WALGESÄNGE

Das musste ja so kommen, nach dem Schneechaos. Schneechaos, die vierte Jahreszeit. Die, die früher Winter genannt wurde. Jetzt: Russenwinter, eine Sibiriade, Eiszeit. Minus hundert Grad oder so. Eisblumen in der Kloschüssel. Schlitterbahnen vorm Altersheim. In Hohenschönhausen spielen die Eisbären. Ein Gletscher schiebt sich von Norden die Stahlheimer Straße herab und eine Endmoräne aus parkenden Autos, verwaisten Einkaufswagen, Fahrrädern und Invalidenrentnern vor sich her, ein Urstromtal bildend auf Höhe der Wichertstraße. Ich stehe, wie jeden Winter, auf dem Balkon, in meinem Pinguinkostüm, und trinke Grog. Was für ein herrlicher Winter.

Auf der anderen Straßenseite stehen Kinder in bunten Anoraks, aufgereiht am Zaun des Schulhofes. Irgendein Witzbold hat sie überredet, daran zu lecken und nun kleben sie mit ihren Zungen an den stählernen Zaunpfählen. Sie machen Geräusche. Es klingt wie Walgesänge. Walgesänge aus dem Eismeer. Ich proste ihnen mit meinem dampfenden Grogbecher zu. Sie haben es gut. Der Witzbold, der sie überredet hat, an den Stahlpfosten zu lecken, ist schon längst über alle Berge, mit ihren Pausensnacks und ihren Fotohandys und mit ihren iPods. Da haben sie noch mal Glück gehabt.

Zu meiner Zeit, damals, da wurden einem in solch einer Situation noch die Hosen runtergezogen. Aber man machte das damals nicht, um sich an Elektronikschrott zu bereichern, sondern aus Idealismus; es gab ja auch weder Fotohandys noch iPods.

Jede Generation fällt aufs Neue auf diesen winterlichen Spaß herein – und jede bezahlt ihr Lehrgeld. Wir verloren damals unsere Hosen, die jungen Hüpfer auf der anderen Straßenseite büßen heute ihre Handys ein, und unseren Großeltern nahm damals der Russe die Gewehre weg, vor Stalingrad, nachdem irgendein russischer Witzbold die Deutschen überredet hatte, an eisernen Zaunpfählen zu lecken. Der Russe grub sie anschließend aus und führte mit ihrer Hilfe die daran klebenden Soldaten in sibirische Lager. Später wurde dieses Kapitel der Wehrmachtsgeschichte allerdings immer geschönt dargestellt. Kaum jemand kennt heute die Wahrheit hinter dem sogenannten Kessel von Stalingrad.

Eine Generation später, im Kalten Krieg, als die Mauer noch stand, wurden nur die wenigsten Flüchtlinge erschossen. Die meisten blieben in den Grenzsicherungsanlagen kleben, an den eisernen Bananen, die die Grenzsoldaten dort ausgelegt hatten.

Und was wird die nächste Generation erleben, die künftigen Kinder der Kinder von jetzt? Werden sie diese Erfahrung überhaupt machen können, oder wird die globale Erwärmung dem Treiben der Witzbolde ein Ende bereiten? Wenn ja, dann sollten wir diesen Winter noch in vollen Zügen genießen, denn er ist wahrscheinlich einer der letzten. Und mit vollen Zügen meine ich nicht die West-Reichsbahn oder die Metro-Tram, die früher Tram hieß und davor Straßenbahn, nein, ich meine damit zum Beispiel meinen Grog. Ich genieße einen tiefen Zug davon, auf meinem Balkon, in meinem Pinguinkostüm, wie jeden Winter. Dann ist die Tasse leer. Ich will mehr. Drinnen in der Wohnung, in der Küche, ist noch ein ganzer Kessel. Ich brauche nur reinzugehen. Hinter mir ist die Tür. Ich brauche bloß die Klinke runterdrücken. Interessant sieht die Klinke aus. Die habe ich mir bisher noch nie wirklich angesehen. Die ist auch so ein Detail, welches man im Alltag stets übersieht und erst in meditativen Momenten wie diesem überhaupt bewusst wahrnimmt. Hab ich eigentlich schon mal an so einer Klinke geleckt? Hmm, mal probieren.

Erst Stunden später bleiben zwei Fußgänger unten stehen, vor dem Balkon. »Hör mal«, sagt der Passant zu seiner Begleitung, »hör doch mal!« »Ja«, meint die Begleitung, »klingt wie Walgesänge.«

UND DIE FRAUEN SINGEN EIN ALTES VOLKSLIED ODER WIE ICH MIR INTELLIGENTES DESIGN VORSTELLE

»Intelligent Design« nennen die Kreationisten ihre Lehre. Intelligentes Design – dass ich nicht lache. Ich weiß ja nicht, was an dem, was Gott oder die natürliche Zuchtwahl da zusammengestümpert haben, intelligent sein soll. Das könnte man doch mit ein wenig Nachdenken alles viel besser machen. Kleine Kinder sollten nicht so nervig plärren, wenn sie etwas wollen, sondern lieber niedliche Geräusche machen. Der Mensch müsste fliegen können. Die Photosynthese müsste man beherrschen. Frauen müssten nicht vierzig Wochen lang, weil sie Kinder austragen und gebären, den Männern ein schlechtes Gewissen anzüchten, wenn sie einfach ein Ei legten, welches beide Partner anschließend gemeinsam ausbrüteten. Und dann ist da noch die Sache mit dem Sex.

Sex wird von den meisten Leuten überschätzt. Zumindest der Sex mit mir. So schlimm ist der wahrscheinlich gar nicht. Trotzdem haben ihn viele Menschen erfolgreich vermieden.

Andere Lebensformen haben es da erheblich besser. Die brau chen gar keinen direkten Kontakt zum anderen Wesen. Fische spritzen einfach so, ohne Stellungsdiskussionen, ihre Milch auf den Laich. Schnecken sind zwittrig, also zweigeschlechtlich, was einleuchtet, wenn man bedenkt, dass jede Schnecke ein Haus sauber zu halten hat und deshalb weibliche Persönlichkeitsanteile braucht. Seesterne stellen sich auf dem Meeresboden auf die Spitzen ihrer Zacken und ejakulieren ins Wasser, das Zeug treibt davon und macht sich irgendwo im Ozean nützlich. Hinterher prahlt der Seestern wahrscheinlich vor seinen Kumpels mit der heißen Nummer.

Ein intelligenter Designer hätte sich so etwas Ähnliches sicher auch für den Menschen ausdenken können. Man hätte Geschlechtsverkehr mit Fortpflanzung, aber man würde den Partner nicht kennenlernen. So könnte man sich beim Sex viel besser auf sich selbst konzentrieren. Auch fiele das ganze aufdringliche Gebalze fort. Ein bisschen wären wir wie Pflanzen, die sich der Windbestäubung verschrieben haben. Das männliche Sperma könnte zum Beispiel kleine Flügelchen haben, oder an Fallschirmchen, gleich denen der Pusteblume, durch die Luft segeln, oder in schillernden Seifenblasen die Reise zur Eizelle antreten. Der Sex wäre viel demokratischer. Jede und jeder käme mal ran zu einer Fahrt auf dem Fortpflanzungskarussell. Unabhängig von Aussehen oder sozialem Status. Absurde Ideen wie die Rassentrennung wären gar nicht erst durchsetzbar. Und zur Empfängnisverhütung müssten die Frauen nicht mehr die Pille nehmen, es genügte ein Moskitonetz vor dem Fenster. In Berliner Trendbezirken wie Prenzlauer Berg, wo sich viele junge Familien ansiedeln, würden fortpflanzungswillige junge Frauen bei gutem Wetter und leichter Brise im Sonnenschein nackt auf den Fensterbrettern sitzen und vielkehlig alte Volkslieder anstimmen:

»Kohomm setz dich ans Fenster
duhu lieblicher Sperm …«

Während Männer auf den Balkonen, in Cabrios oder auf Baugerüsten die Informationen ihrer Gene in den linden Wind manifestierten und anschließend eine Zigarette danach rauchten. Der Verkehr zwischen Mann und Frau gewänne so erheblich an Würde.

Das wäre intelligentes Design! Aber so wie die Realität aussieht, ist der Schöpfer entweder bekloppt, oder Darwin hatte doch recht. Ich persönlich glaube ja Letzteres. Wir sind durch Evolution entstanden. Das heißt, die noch bekloppteren Lösungen haben sich nicht durchsetzen können. Wie die wohl ausgesehen haben, die richtig bescheuerten Fortpflanzungsarten, all jene, die untergegangen sind im Laufe der Entwicklungsgeschichte? Ich wage gar nicht, mir das vorzustellen.

MARKENFETISCHISMUS

War das heute wieder ein Stress. Dabei ist es jedes Mal dasselbe. Den Kindern gefällt nicht, was ich ihnen zum Anziehen aussuche. Dabei sehen die Sachen doch gut aus. Aber die lieben Kleinen machen da eine richtige Wissenschaft draus. Es kommt nämlich auf die Marke an, bei den Klamotten, und nicht nur da. Mit der falschen Marke hast du bei deinen Mitschülerinnen und Mitschülern nämlich verkackt. Dann wirst du aufgezogen und gehänselt und dir werden Popel in die Haare geschnipst. Alles wegen der falschen Marke. Erwachsene können die Unterschiede überhaupt nicht sehen. Am besten ist angeblich gar keine Marke.

Mir ist das aber egal. Die Kinder im Allgemeinen müssen lernen, dass es nicht bloß auf Äußerlichkeiten ankommt, und meine Kinder im Speziellen sollen lernen, echte von falschen Freunden zu unterscheiden. Und wenn ich sage, wir kaufen die Turnschuhe von Adidas, dann kaufen wir die Turnschuhe von Adidas. Dann fahr ich nicht ans Ende der Welt, in irgendwelche Ghettos, und suche mir bei Aldi den Arsch ab, wegen irgendwelcher No-Name-Turnschuhe, die keiner kennt. Dieser Bescheidenheitskult ist mir echt zu affig. Und falls wir doch mal irgendwo hinfahren, wo die Kinder shoppen wollen, dann ja wohl nicht mit dem Rad oder dem Bus oder zu Fuß, sondern dann fahren wir mit meinem BMW, wozu habe ich den denn schließlich gekauft? Und dann geht das Gemaule wieder los, von wegen Luxusauto und gehänselt werden in der Schule und Popel in die Haare geschnipst.

Neulich erzählt mir doch meine Tochter, sie behauptete in ihrer Klasse, ihre Anziehsachen, für die ich immer ein Heidengeld ausgebe, und zwar gegen ihren Widerstand, aber ich hab's eben, behauptet die also, das wären alles billige Raubkopien vom Polenmarkt. Ich sag: »Mädchen, du musst zu dem stehen, was du bist, aus was für einer Familie du kommst. Wir haben nun mal Geld wie Heu.« Aber nee, ich kann ja auch mit der Wand reden oder mit dem Sessel, die hören mir genauso gut zu. Neulich ist die sogar barfuß rumgelaufen und halb nackig, weil sie sich wegen ihrer teuren Sachen geschämt hat. Das war im Januar.

Ich finde diesen Gruppendruck so was von bescheuert. Meine Frau hat das Thema neulich in der Schule mal bei einem Elternabend angesprochen. Wir kennen die anderen Eltern ja auch ein bisschen. Das sind auch alles Millionäre. Es ist bei allen das Gleiche. Die von Meyerhofens verkaufen jetzt sogar die Pferde ihrer Kinder. Kein Wunder, dass mein Großer sein Mofa stehen lässt.

Die neueste und krankeste Entwicklung ist, dass die Kids jetzt neuerdings Altkleidercontainer knacken. Die Sachen tragen die dann. Und bei den Einbrüchen in die Container, das ist immerhin Diebstahl, skizzieren sie sich gegenseitig mit Bleistift. Ein Fotohandy würde ja keines von den Gören anrühren.

Es gibt in manchen Villenvierteln auch schon richtige Banden, die andere Kinder auf dem Schulweg überfallen, und ihre Opfer zwingen, teure Jacken oder Schuhe anzuziehen, die sie selbst geschenkt bekommen haben, aber nicht tragen wollen. Und die erniedrigten Opfer werden dann in der Schule auch noch wegen der Sachen von den anderen verhöhnt. So weit ist es bei uns zum Glück noch nicht. Falls es hier mal so schlimm wird, müssen wir womöglich noch in eine Sozialsiedlung ziehen, wo so was nicht vorkommen kann.

Ich bin echt ratlos. Wie oft habe ich es schon mit Autorität versucht. »So lange ihr eure Füße unter meinen Tisch …« Aber die lachen mich nur aus. Ich bin für die eine Witzfigur. Meine Kinder haben zu Hause die Hosen an und suchen sich auch noch selbst aus, was für welche. Ich könnte sie alle enterben – aber diese Freude mache ich ihnen nicht!